Pierre DuBois
Catherine DuBois

LES AVENTURES DE COLLIN L'ABYSSIN

LE VOL
DE COLLIN

Auteurs : Pierre DuBois et Catherine DuBois
Illustratrice : Mika
Graphisme : Espace blanc
Réviseures : Jasmine Chabot Dagenais et Lucie Michaud

Dépôt légal — Bibliothèque et Archives nationales du Québec,
3ᵉ trimestre 2007

ISBN 978-2-89595-233-6

Gouvernement du Québec — Programme de crédit d'impôt
pour l'édition de livres — Gestion SODEC

Boomerang éditeur jeunesse remercie la SODEC pour l'aide
accordée à son programme éditorial.

Nous reconnaissons l'aide financière du gouvernement
du Canada par l'entremise du Programme d'aide au
développement de l'industrie de l'édition (PADIÉ)
pour nos activités d'édition.

Imprimé au Canada

Imprimé sur du papier Rolland Enviro100, contenant 100 % de
fibres recyclées après consommation.

Le choix de ce papier a permis de réduire la production de déchets
solides de 401 kg, la consommation d'eau de 37 893 l et de gaz
naturel de 57 m³, les matières en suspension dans l'eau de 2,5 kg,
les émissions atmosphériques de 880 kg et de sauver 14 arbres.

*Les auteurs désirent remercier
Suzanne Rousseau pour ses idées brillantes
et pour son soutien de tous les instants
dans la réalisation de ce livre.*

*Ils remercient également
madame Nathalie Demeurie, enseignante,
et les élèves de la 6e année de l'École
de la Vallée pour leur analyse judicieuse
de ce livre et leurs suggestions.*

TABLE DES MATIÈRES

COLLIN SE PRÉSENTE.... 5

CHAPITRE 1
Les Beauchemin préparent leur départ 9

CHAPITRE 2
Florence et Auguste font des plans de voyage 17

CHAPITRE 3
Collin reçoit des conseils 21

CHAPITRE 4
Collin se fâche 27

CHAPITRE 5
Les trompes de monsieur Trompe.................... 41

CHAPITRE 6
Collin à la plage.. 51

CHAPITRE 7
Collin en bateau 63

CHAPITRE 8
L'ouragan 73

CHAPITRE 9
Visite-surprise de monsieur Trompe................ 85

CHAPITRE 10
Le rapt de Collin... 93

CHAPITRE 11
Collin prisonnier 101

CHAPITRE 12
La police s'en mêle.. 105

CHAPITRE 13
Collin est sauvé 113

CHAPITRE 14
Collin déjoue un complot terroriste................ 123

CHAPITRE 15
La célébrité.. 135

CHAPITRE 16
Le retour... 147

GLOSSAIRE 155

SUJETS DE DISCUSSION
EN CLASSE OU EN FAMILLE................................ 158

COLLIN SE PRÉSENTE...

Bonjour !

Je m'appelle Collin. Je suis un abyssin.

« Un abyssin..., c'est un chat ? » me demandes-tu.

Non, tu n'y es pas... Je ne suis pas « un » chat... Je suis LE CHAT. Sans être prétentieux, je dirais que les abyssins sont super intelligents, super athlétiques et... super beaux ! Nous sommes aussi très débrouillards. Toutes ces qualités font de nous des chefs naturels.

Tu pourras te faire une idée par toi-même de mes nombreuses qualités d'abyssin en lisant mes aventures.

Je vis dans une famille d'humains que j'ai personnellement choisie : la famille Beauchemin... Une très belle famille.

Il y a d'abord Marie-Hélène, une charmante jeune fille de dix ans qui adore les chats... et moi en particulier ! Elle est curieuse et s'intéresse à tout. C'est ma meilleure amie... chez les humains.

Marie-Hélène a un grand frère de quatorze ans, Antoine. Il est brillant, « cool » et très sportif. Il ne s'énerve jamais... tout comme moi !

Marc et Julie sont les parents de Marie-Hélène et d'Antoine. Ce sont des gens très bien. Marc enseigne la psychologie à l'université et écrit des livres sur les relations entre les humains. Bizarre comme sujet! Julie est la propriétaire d'une boutique de cadeaux. C'est une femme d'affaires efficace et performante. Elle est gentille, mais elle sait où elle va!

Julie a une sœur, Florence. Je n'aime pas Florence « la snob », et encore moins son mari Auguste, un insignifiant! Ils ne m'aiment pas et je ne les aime pas. Il faut dire que Florence et Auguste, même s'ils sont riches, ne sont pas les griffes les plus aiguisées de la patte!

J'ai évidemment plusieurs amis chats: Larousse, Boris, Mozart, Lucifer, Max et aussi un ami chien, Zeus, un berger allemand. Ils sont épatants et amusants. J'aime bien discuter avec eux…, en particulier de nos humains.

Dans ma première aventure, Collin joue au héros, je sauve ma famille d'humains d'un incendie et je deviens une grande vedette. Je passe à la télévision et je suis nommé le chaton de l'année. Je deviens aussi la mascotte du service d'incendie de notre municipalité.

Tout ce tapage amène monsieur Trompe, un monsieur très riche, à vouloir m'acheter pour m'offrir en cadeau à son petit-fils, Charles. Vingt-cinq mille dollars, qu'il est prêt à payer... Mais ma famille d'humains a dit:

«Non! On garde Collin!» Monsieur Trompe était évidemment très déçu, mais Antoine a trouvé une solution géniale pour le dépanner... Aussi, pour récompenser les Beauchemin, monsieur Trompe leur a offert de passer les vacances de Noël dans son magnifique appartement en Floride, aux États-Unis. Pas n'importe quelles vacances! Le grand luxe: limousine, jet privé, bateau...

Mais un évènement tragique se prépare... qui peut mener à la destruction du monde et c'est moi, Collin l'abyssin, qui va résoudre ce «petit problème».

J'espère que tu vas bien t'amuser.

CHAPITRE 1
LES BEAUCHEMIN PRÉPARENT
LEUR DÉPART

«*Je vous rappelle que mon chauffeur viendra vous chercher demain matin à 9 h et que le Trompair décollera à 10 h 30. Une limousine vous attendra aussi à l'aéroport pour vous conduire à mon appartement, qui se situe à Longboat Key, tout près de St-Petersburg, sur la côte ouest de la Floride. Elle sera disponible pour tous vos déplacements. Tout est clair pour demain, Marc ?*»

Le 22 décembre, il régnait une atmosphère de fébrilité, d'excitation, de panique même, chez les Beauchemin, à la veille de leur départ pour le luxueux appartement de monsieur Trompe en Floride. Tout le monde était à la dernière minute pour les préparatifs du voyage. Tout le monde… sauf Collin !

— C'est l'un des nombreux avantages d'être un chat, réfléchit Collin… Pas de valise à faire et pas besoin de vêtements !

Collin, assis au salon, observait avec amusement le va-et-vient de sa famille d'humains : le téléphone qui sonnait sans arrêt, les achats de dernière minute, le frigo à vider, le lavage et le ménage, les valises à remplir, le courrier à arrêter durant les vacances, bref, les innombrables petites choses à ne pas oublier… Il n'y avait pas à dire, tout le monde était fort occupé !

— Tiens, allons voir ce que Marie-Hélène fait dans sa chambre… Peut-être a-t-elle besoin de mon aide ? se dit-il.

Marie-Hélène avait fait son dernier examen hier après-midi. Collin l'avait d'ailleurs encouragée, au cours de cette période intensive d'examens, en assistant à ses séances d'étude. Couché sur son pupitre, il révisait avec elle les formules mathématiques et les exercices grammaticaux. Il avait même appris quelques mots d'anglais qui pourraient lui être utiles lors du voyage en Floride : « Cat you speak English ? Yes, I cat ! »

Collin entra dans la chambre de sa jeune maîtresse et sauta aussitôt sur le lit, où s'amoncelaient pêle-mêle des vêtements d'été. Marie-Hélène était en train d'essayer un maillot de bain.

— Ah, tu es là, Collin! Je suis tellement excitée! Et dire que ce voyage, c'est grâce à toi! Aucun doute là-dessus, tu es le meilleur chat du monde! s'exclama Marie-Hélène en caressant doucement la tête de son chat qui se mit aussitôt à ronronner.

— Mais naturellement que je suis le meilleur chat du monde! approuva Collin en observant Marie-Hélène qui s'examinait maintenant dans le miroir.

Une expression de panique remplaça soudain le sourire qu'elle affichait quelques secondes plus tôt...

— Mamannnnn! s'écria Marie-Hélène, mes maillots de bain ne me font plus! Il faut en acheter d'autres... tout de suite!

Julie accourut à la chambre de sa fille pour constater qu'en effet, sa fille avait grandi depuis l'été dernier.

— Je propose que nous attendions en Floride pour acheter de nouveaux maillots, suggéra Julie. La Floride est d'ailleurs le paradis des maillots! Je n'ai vraiment pas le temps de courir les boutiques aujourd'hui... Nous partons demain matin et j'ai tant de choses à faire, en plus de téléphoner à ma sœur Florence qui s'éternise toujours au téléphone...

— Mais maman, si jamais il n'y avait pas de beaux maillots là-bas... Il y a beaucoup de personnes âgées en Floride et je ne voudrais pas me retrouver dans un maillot à jupette !

— Écoute, Marie-Hélène, je n'ai…

Collin décida alors de laisser Marie-Hélène et Julie régler « le problème des maillots » ensemble et alla faire un petit tour dans le bureau de Marc. Ce dernier connaissait un vif succès depuis la publication de son livre sur les relations familiales. Les critiques avaient été très positives et il accordait depuis quelques semaines beaucoup d'entrevues à des journalistes.

Marc était au téléphone.

— Oui, monsieur Trompe. Nous sommes très excités et nous avons bien hâte de monter à bord de votre avion, le Trompair, et de séjourner dans votre appartement.

— Revoyons les détails, Marc… Je vous rappelle que mon chauffeur viendra vous chercher demain matin à 9 h et que le Trompair décollera à 10 h 30. Une limousine vous attendra aussi à l'aéroport pour vous conduire à mon appartement qui se situe à Longboat Key, tout près de St-Petersburg, sur la côte ouest de la Floride. Elle sera disponible pour tous vos déplacements. Tout est clair pour demain, Marc ? demande monsieur Trompe, qui semble aussi pressé que d'habitude.

— Tout est parfait, répliqua Marc. Nous aurions pu prendre un taxi en débarquant de l'avion, mais nous apprécions beaucoup vos petites attentions!

Marc raccrocha le téléphone et entreprit de programmer le système d'éclairage automatique. Depuis l'incendie, il avait équipé la maison de plusieurs systèmes de sécurité: détecteurs de fumée, système d'alarme et système d'éclairage automatique... Collin trouvait inutiles toutes ces dépenses, car il jugeait qu'il pouvait très bien s'occuper lui-même de la protection de «sa famille d'humains».

— Et voilà! s'exclama fièrement Marc. Le système d'éclairage automatique est maintenant fonctionnel! Viens, Collin, allons voir si Julie et les enfants ont terminé leur valise... Parlant de valise, il serait peut-être temps que je commence la mienne...

Marc entra dans la cuisine, suivi de Collin.

— Et puis, tout est réglé? demanda-t-il à Julie qui venait tout juste de raccrocher le téléphone.

— Oui, je crois, soupira-t-elle. J'ai finalement réussi à me faire remplacer à la boutique pour la période des fêtes. Ça va me faire du bien, ces vacances! Je t'avoue que je commence à considérer cette boutique comme un véritable esclavage!

L'air songeur, elle ajouta:

— Je viens aussi de parler à ma sœur Florence. Je crois qu'elle est très impressionnée par le fait que nous allions à l'appartement de monsieur Trompe. Elle m'a même demandé combien de chambres comptait l'appartement... Auguste et Florence n'ont pas de projets pour les fêtes... Je crois qu'elle aurait bien aimé qu'on les invite...

— Est-ce que tante Florence et oncle Auguste viennent avec nous en Floride? demanda Marie-Hélène, qui venait d'entrer dans la cuisine et qui avait entendu quelques bribes de la conversation de ses parents. Je vous ai entendu dire que...

— Non, ils aimeraient venir et ce n'est pas pareil! interrompit sur-le-champ Marc, qui détestait Auguste, le mari de Florence. Et je crois que Collin ne serait vraiment pas d'accord avec ce projet.

En effet, en entendant les noms de Florence et d'Auguste, les poils de Collin se hérissèrent. Il se souvenait trop bien qu'au lieu de le garder durant les vacances de ses humains l'été dernier, ils l'avaient plutôt conduit à la pension du vétérinaire Lebœuf, qui maltraitait les animaux sous sa garde.

— Vous avez vu Antoine? s'inquiéta soudainement Julie. Ça fait quelques heures qu'il est sorti. Avait-il beaucoup à faire en prévision du voyage?

Au même moment, la porte s'ouvrit sur un Antoine trempé de sueur qui portait à l'épaule son lourd équipement de hockey.

— Antoine, où étais-tu passé ? Ta valise est-elle prête ? demanda Marc.

— J'étais parti jouer au hockey avec des amis... et non, je n'ai pas encore commencé ma valise. Mais je suis un gars, moi, ce n'est pas compliqué de faire ma valise... Sauf que je n'ai pas fait mon lavage... Il faudrait aussi laver mon équipement de hockey, car au retour de Floride, je joue dans un tournoi important...

— Antoine, je n'ai vraiment pas le temps, protesta Julie... Et quelle idée d'aller jouer au hockey quand on part dans quelques heures et qu'il reste plein de choses à faire et que...

— Ouf... c'est vraiment la panique ici, se dit Collin. Je crois que je vais sortir voir mes amis !

— Marie-Hélène, dépêche-toi, dit Julie, nous allons acheter tes maillots.

— Merci, maman ! Je savais que je pouvais compter sur toi !

CHAPITRE 2
FLORENCE ET AUGUSTE FONT
DES PLANS DE VOYAGE

« *Sais-tu que c'est une très bonne idée...
Moi aussi, j'aimerais voir l'appartement de
monsieur Trompe... Peut-être même le rencontrer pour lui proposer certaines affaires... et
manger au restaurant... pour faire changement.* »

À Mont-Royal, Florence, la sœur de Julie,
et Auguste, son mari, s'apprêtaient à souper
dans leur luxueuse maison.

— My God, dit Auguste, la soupe a bien un
drôle de goût... C'est une soupe à quoi ?

— Euh... c'est une soupe aux organes de
Ricardo, répondit Florence, hésitante.

— Ce gars-là doit avoir un sérieux problème... Regarde-moi ça ! Oh, je comprends...
Tu veux dire une soupe aux gourganes du
grand chef Ricardo... J'aime ça d'habitude,

mais là, on dirait… que la soupe a… comme séché…

— C'est pourtant simple à faire. J'ai suivi sa recette. On la met au micro-ondes deux… non… vingt minutes à puissance élevée et le tour est joué.

— Vingt minutes à puissance maximale ! Ça devait faire des étincelles à la fin !

— Je n'ai pas remarqué… Juste des glou-glous et des pouf ! pouf ! Ah oui ! Auguste, Julie m'a appelée aujourd'hui et tu ne devineras jamais ce qui leur arrive.

— Laisse-moi deviner. Mmm… le maga-sin de ta sœur a fait faillite ! Non… C'est plutôt Marc, son imbécile de mari, qui s'est fait mettre à la porte de l'université pour incompé-tence…

— Non ! Tu n'y es pas ! Les affaires de Julie vont très bien et l'université ne congédierait jamais quelqu'un pour une raison aussi ridi-cule… De plus, Marc a beaucoup de succès avec son nouveau livre sur les relations zou-maines… Enfin, je ne me souviens plus du titre exact… Euh… la vie avec une familiale… ou quelque chose comme cela.

— Bon, alors je donne ma langue au chat !

— Ne dis surtout pas ça, Auguste ! Tu sais à quel point j'ai les chats en horreur, ce Collin en particulier ! Écoute… Imagine-toi donc que Julie et sa famille ont été invitées à passer une dizaine de jours à l'appartement de monsieur

Trompe en Floride... Tu sais, monsieur Trompe, le fameux milliardaire qui est riche... Ils lui ont rendu service, paraît-il, et, pour les récompenser, il leur passe son magnifique appartement pendant le temps des fêtes.

— Eh bien! c'est toute une nouvelle! L'appartement de monsieur Trompe... Wow! dit Auguste, vraiment abasourdi par ce que venait de lui apprendre Florence.

— Auguste, ajouta Florence, j'aimerais vraiment qu'on aille en Floride nous aussi, pour faire une visite surprise à ma sœur et à sa famille et... aussi pour voir le bel appartement de monsieur Trompe... On resterait dans un bel hôtel de luxe pas loin. Allez Auguste, dis oui, dis oui!

— Ça pourrait être intéressant... Où au juste, en Floride?

— Je ne m'en souviens plus. Attends... À St-Pète... Non, à St-Pètour... Non... à St-Terbourg... Non... à Norbourg...

— Ne me parle pas de Norbourg! Tu veux dire à St-Petersburg sur la côte ouest de la Floride?

— C'est ça, j'allais le dire!

— Sais-tu que c'est une très bonne idée... Moi aussi, j'aimerais voir l'appartement de monsieur Trompe... Peut-être même le rencontrer pour lui proposer certaines affaires... et manger au restaurant... pour faire changement. Écoute: je vais acheter nos billets d'avion, en première classe évidemment, et réserver l'hôtel par Internet... Toi, appelle notre agence de voyages et loue une auto pour la durée du voyage... Prends une Mercedes, une grosse Mercedes, car je ne veux pas avoir l'air d'un « tout nu » quand nous rencontrerons monsieur Trompe. Donc, n'oublie pas... Tu loues une grosse Mercedes qu'on prendra à l'aéroport de St-Petersburg à notre arrivée.

— D'accord... On va avoir beaucoup de plaisir... Ce sera un voyage que l'on n'oubliera jamais... Tu vas voir...

— Je l'espère bien, répliqua Auguste. Qu'est ce qu'on mange après la soupe? Du poulet, comme d'habitude?

— Non, un ragoût de pattes de chevreuil en boîte du Chaudron bleu. Il en restait du repas d'hier soir... Tu n'avais pas fini ton assiette. Alors, je l'ai récupéré et je l'ai réchauffé au micro-ondes.

— J'ai déjà bien hâte de partir!

— Et moi, je m'en vais faire mes valises... My God, mais qu'est-ce que je vais mettre pendant ce voyage?

CHAPITRE 3
COLLIN REÇOIT DES CONSEILS

Les chats continuèrent à discuter ainsi un bon moment. Sam était convaincu que Collin ne voudrait plus revenir après avoir goûté à la vie de chat à l'américaine... « Ils l'ont l'affaire, les Américains... Ce ne sont pas des ti-clins comme ici ! » affirma-t-il à trois reprises.

Aussitôt sorti de la maison, Collin se dirigea d'une patte rapide vers la maison de Zeus, un gros berger allemand. Ce dernier pouvait paraître terrifiant par sa taille et par ses jappements à faire trembler les arbres, mais il était des plus sympathiques et particulièrement... sensible. Collin et les autres chats s'étaient vite liés d'amitié avec lui et avaient pris l'habitude de se réunir régulièrement chez lui les après-midi afin de piquer un brin de jasette.

Les chats, et Zeus, pouvaient discuter de longues heures de leurs humains, se donner des conseils sur les stratégies de chasse, raconter quelques blagues ou, tout simplement, parler de la pluie et du beau temps.

— Voilà Collin qui arrive! s'exclama Larousse, une très belle chatte à la fourrure… rousse! C'est d'ailleurs Larousse qui avait présenté Collin aux autres chats de la bande un an plus tôt.

— Bonjour, les amis! Je suis content de vous voir! Demain, c'est le grand jour… Nous partons pour la Floride, dit Collin en rejoignant la bande près de la niche de Zeus.

— J'ai bien hâte que tu reviennes pour nous raconter ton voyage, dit Lucifer, un chat tout noir aux yeux émeraude qui vouait une grande admiration à Collin. Peut-être qu'à ton retour tu seras aussi noir que moi, car tu auras bronzé! ajouta-t-il à la blague.

Tous les chats et Zeus se mirent à rire!

— Il paraît qu'il y a un endroit en Floride où l'on retrouve des souris géantes, avança Max, le siamois.

— Des souris géantes? répéta Boris, soudainement très intéressé par la conversation. Boris était reconnu pour être un redoutable chasseur de souris!

— Max doit sûrement faire allusion à Mickey Mouse et à Minnie…, dit Mozart, l'intellectuel de la bande, en soupirant.

— Tu fréquentes des souris maintenant ? demanda Boris en s'adressant à Mozart sur un ton quelque peu réprobateur.

— Mais non, rassure-toi ! Mickey Mouse et Minnie sont des personnages de Disneyworld ! Ce sont des humains déguisés en souris qui amusent les enfants… J'ai vu un reportage là-dessus à la télévision l'autre jour, expliqua Mozart.

— J'ai hâte que Sam arrive… Il connaît bien les États-Unis et pourra te donner quelques conseils pour ton voyage, dit Lucifer.

Sam, un chat rex, habitait le quartier voisin, mais venait de temps en temps visiter Collin et sa bande. Il avait habité aux États-Unis jusqu'au déménagement de ses humains pour le Canada trois mois plus tôt pour des raisons de travail. C'est Boris, lors d'une partie de chasse, qui avait rencontré Sam et qui l'avait présenté aux amis. Sam n'était pas un chat désagréable, mais il passait son temps à vanter les mérites de son pays d'origine, les États-Unis, et à parler contre le Canada et le Québec. Cela devenait lourd à la longue.

— Le voilà qui arrive ! fit observer Larousse.

— Hello, tout le monde ! dit Sam avec un léger accent.

— Bonjour Sam ! répondirent les chats et Zeus.

— Tu es tellement chanceux, Collin, d'aller aux États-Unis, le pays le plus puissant, le plus beau, le plus riche au monde, commença Sam. Il n'y a pas d'autres pays que les États-Unis qui valent vraiment la peine d'être visités. C'est mon opinion et je la partage.

— C'est aussi le pays le plus détesté au monde, ajouta Mozart avec un petit air de dédain.

— Ce sont des jaloux ou des imbéciles qui disent cela, répliqua Sam.

— Les États-Unis, mon cher Collin, c'est... tout! Voilà, j'ai tout résumé dans ce seul mot: «tout»! Alors, aimerais-tu que je te donne quelques conseils pratiques pour ton voyage?

— Bien sûr! Je t'écoute... On n'en sait jamais trop! dit Collin, attentif.

— Tout d'abord, fais attention de ne pas te faire marcher sur la queue! Les Américains sont costauds et, crois-moi, ça fait mal d'être sous les pieds de tels colosses...

— As-tu dit «molosses»? demanda Zeus.

— Non, des colosses, des géants!

— Moi, je pense que tu veux dire «obèses», railla Mozart. La moitié de la population états-unienne est obèse, les gros en particulier...

— Ce que tu dis est suffisant pour déclencher une guerre si jamais le président Crush entendait tes propos! poursuivit Sam, de plus en plus irrité par les commentaires méprisants de Mozart sur son pays d'origine.

— J'ai entendu dire aussi qu'il y avait des chats qui se faisaient refaire les griffes et épiler les moustaches. Est-ce vrai, Sam? demanda Lucifer.

— Tu as raison, mon cher Lucifer! Les humains des chats américains n'hésitent pas à dépenser une fortune pour la beauté de leurs chats et même de leurs chiens, dit Sam à l'intention de Zeus. J'ai vu plusieurs chiens habillés de tutus Lacroste, de pattes de vison et de manteaux griffés Doggy Wouf!

Les chats se mirent alors à taquiner gentiment Zeus en l'imaginant vêtu d'un tutu rose et de pattes de vison... Le berger allemand entra dans le jeu et alla jusqu'à essayer quelques pas de ballet pour amuser ses amis!

— Continue comme ça et tu vas finir dans la troupe de ballet La! La! La! Doggy Step! pouffa Larousse.

Les chats continuèrent à discuter ainsi un bon moment. Sam était convaincu que Collin ne voudrait plus revenir après avoir goûté à la vie de chat à l'américaine...

— Ils l'ont l'affaire, les Américains... Ce ne sont pas des ti-clins comme ici! affirma-t-il à trois reprises.

Le soleil s'était couché depuis un moment et Collin jugea qu'il était temps pour lui de rentrer à la maison, car il ne voulait pas inquiéter Marie-Hélène. Il souhaitait aussi se coucher tôt pour être en pleine forme le lendemain et savourer pleinement sa nouvelle aventure !

Il prit le temps de remercier Sam pour ses précieux conseils et de saluer une dernière fois ses amis en leur promettant de tout leur raconter à son retour !

— Et n'oublie pas, fais attention à ta queue ! lui répéta Sam.

CHAPITRE 4
COLLIN SE FÂCHE !

« *Hubert, nous avons un problème... le centre de contrôle de New York nous donne l'ordre d'atterrir immédiatement à l'aéroport d'Albany... Ils nous envoient même une escorte de chasseurs F-16... Qu'est-ce qui se passe, bon sang ?* »

— La limousine arrive ! cria Antoine, tout excité. Wow ! regardez-moi ça ! Je n'en reviens pas... Elle doit bien faire quinze mètres de long !

Le chauffeur et son assistant descendirent aussitôt de la limousine et saluèrent les Beauchemin.

— Bonjour Madame et Monsieur Beauchemin. Je me présente : je suis votre chauffeur, Achille Sansfaçon, et voici mon adjoint, Claude Lafleur. C'est monsieur Trompe qui nous envoie...

— Tout le plaisir est pour nous, répliqua Marc. Vous êtes vraiment très ponctuels…

— Nous n'avons pas le choix, car monsieur Trompe exige toujours la plus grande ponctualité. Son slogan est d'ailleurs: « Une minute en retard pis t'es mort! »

Les Beauchemin s'installèrent dans la limousine tandis que monsieur Lafleur mettait les bagages dans l'immense coffre de la voiture.

— Vous ne deviez pas avoir un chat avec vous? demanda monsieur Sansfaçon au moment de partir.

— Mon Dieu! dit Julie, nous allions oublier Collin. Où avons-nous la tête? C'est grâce à Collin que nous pouvons faire ce voyage… Marie-Hélène, va vite chercher Collin!

— Il était temps! miaula Collin quand il vit arriver Marie-Hélène. C'est ça… quand on s'énerve, on oublie toujours le plus important! Pourquoi ne faites-vous pas comme moi… toujours cool!

Le chauffeur indiqua à la famille Beauchemin qu'ils se dirigeaient vers l'aéroport de Mirabel, où se trouvait l'avion privé de monsieur Trompe, le Trompair.

Une fois à destination, monsieur Lafleur s'occupa des bagages tandis que monsieur Sansfaçon conduisit les Beauchemin dans le hall d'un petit édifice qui donnait sur la piste d'envol.

— Tenez, dit-il, c'est ici que les pilotes de monsieur Trompe vont venir vous retrouver.

Les Beauchemin attendirent une bonne vingtaine de minutes.

— C'est bizarre que l'on doive attendre si longtemps, dit Julie. Il doit sûrement y avoir un problème.

Deux hommes en tenue d'officier, l'un grand et mince, l'autre plutôt costaud, sortirent d'une salle et se dirigèrent rapidement vers les Beauchemin.

— Bonjour, tout le monde! Je m'appelle Robert Richer et je suis au service de monsieur Trompe. Voici mon premier officier, Hubert St-Félicien… Veuillez excuser notre retard, dit le commandant Richer, mais quand nous avons soumis notre plan de vol aux Américains, ils nous ont posé un tas de questions sur vous : qui vous étiez, ce que vous faisiez dans la vie, et ainsi de suite. Depuis le 11 septembre 2001, ils sont devenus très méfiants, presque paranoïaques. Ils nous ont même révélé que, d'après leurs services secrets, un attentat se préparait dans la région de St-Petersburg, où nous allons. C'est ce qui explique sans doute toutes les questions qu'ils nous ont posées à votre sujet.

— J'espère que tout ira bien pour notre voyage, dit Marc en jetant un coup d'œil inquiet à Julie.

— Oui, répliqua Julie, je souhaite des vacances reposantes et tranquilles.

Les pilotes et la famille Beauchemin se dirigèrent vers l'avion de monsieur Trompe. C'était un avion magnifique, bleu et blanc avec le mot Trompair écrit en rouge sur les côtés.

— Quelle sorte d'avion est-ce? demanda Antoine, très intéressé.

— C'est un Embraer Legacy 600 fabriqué au Brésil, répondit le pilote. Il est équipé de deux moteurs Rolls-Royce et peut atteindre une altitude de croisière de 12 500 mètres. C'est vraiment un excellent appareil d'affaires qui se pilote très bien. Mais venez à bord et installez-vous confortablement pendant que l'on met vos bagages dans la soute. Ah oui! je préfère que votre chat reste dans sa cage pour le décollage et l'atterrissage.

Peu de temps après, le premier officier expliqua aux Beauchemin les mesures de sécurité à bord, puis le Trompair se dirigea lentement vers la piste d'envol, décolla en douceur et prit rapidement de l'altitude. Il était évident que le commandant Richer connaissait bien son affaire!

Marie-Hélène libéra Collin et celui-ci, fidèle à son habitude, visita l'avion minutieusement en reniflant chaque coin et recoin.

— Voilà notre Collin qui fait son inspection des lieux, dit Marc.

— Certainement, il très important de connaître son environnement pour éviter les mauvaises surprises, répliqua Collin au fond de lui-même. Même les humains devraient adopter cette méthode…

— On a déjà fumé le cigare dans cet avion. Hum, ça sent aussi le parfum de femme… et une autre odeur que je ne peux pas identifier. C'est bruyant, un avion, et c'est dur pour les oreilles d'un chat, d'un abyssin surtout, mais ce n'est pas désagréable comme bruit.

Collin se présenta au poste de pilotage et le premier officier St-Félicien dit :

— Quelle bête magnifique !

— Merci, répliqua Collin en ronronnant.

Le premier officier se leva, offrit des boissons à la famille Beauchemin et dit :

— Votre chat est vraiment spécial… Il semble comprendre ce qu'on lui dit.

— Notre chat nous a sauvés d'un incendie, dit Marie-Hélène. Il est aussi intelligent qu'un humain… et même parfois plus !

Le commandant Richer appela Antoine et lui demanda de prendre la place du premier officier. Antoine se glissa non sans quelques difficultés dans le siège et fut vraiment abasourdi par la vue du cockpit. Seulement des cadrans, des cadrans et encore des cadrans.

— Alors, Antoine, demanda le commandant Richer, tu semblais t'intéresser aux avions… Comment trouves-tu cela ? Mets ta ceinture, tu vas piloter un peu…

— Hein ! moi… piloter ?

— Mais oui, ce n'est pas très compliqué. Prends les commandes, voilà… Tu tires et l'avion monte… Tu pousses et il descend… Vas-y, tout doucement…

Antoine tira les commandes et l'avion monta légèrement… Il les poussa et l'avion descendit et reprit son altitude de croisière.

— Tu as une belle touche, dit le commandant, et du talent. Dans un avion, tout doit être fait en douceur…

— Mais pourquoi les avions ne se frappent-ils jamais en vol ? demanda Antoine.

— C'est le travail des contrôleurs de la circulation aérienne d'éviter ce genre… de désagrément. Tu vois… Nous suivons actuellement une route dans le ciel et les contrôleurs s'assurent de notre sécurité en maintenant une bonne distance entre nous et les autres avions. Si jamais par erreur deux avions s'approchaient dangereusement, il y a un système à bord, le TCAS, qui nous préviendrait et qui donnerait à chaque pilote des instructions précises, soit de descendre ou de monter. Excuse-moi, je reçois justement une communication radio des contrôleurs du centre de New York…

Le commandant Richer écouta attentivement, fit répéter le message et demanda à

Antoine de reprendre rapidement son siège à l'arrière. Il appela immédiatement son premier officier et lui dit:

— Hubert, nous avons un problème.., le centre de contrôle de New York nous donne l'ordre d'atterrir immédiatement à l'aéroport d'Albany... Ils nous envoient même une escorte de chasseurs F-16... Qu'est-ce qui se passe, bon sang? L'aéroport d'Albany est à 66 kilomètres et nous sommes à 10 900 mètres. Nous allons à 700 kilomètres à l'heure... Hubert, peux-tu calculer notre descente à la vitesse minimale?...

Le premier officier fit quelques calculs et indiqua au commandant le nombre de mètres à la minute que l'avion devait perdre pour arriver au seuil de la piste d'atterrissage.

Le premier officier avisa également les Beauchemin de la situation.

Marc pensa: «J'espère qu'il n'y a pas d'ennuis mécaniques.» et regarda Julie qui pensait exactement la même chose. Ils s'efforcèrent de garder leur calme pour ne pas effrayer Marie-Hélène et Antoine.

— Regardez, dit Marie-Hélène, il y a deux avions tout près de nous!

— Des F-16, précisa Antoine. On voit même la face des pilotes... Ils sont jeunes... on dirait qu'ils n'ont même pas vingt ans!

Les deux F-16 faisaient des tonneaux et les pilotes semblaient bien s'amuser. À un moment, l'un des deux appareils de chasse croisa le Trompair à moins de 300 mètres devant, ce qui déclencha le système anticollision auquel le commandant Richer avait fait allusion en parlant avec Antoine.

— Bon là, ça va faire ! déclara le commandant Richer de fort mauvaise humeur. Hubert, appelle le centre de contrôle et dis-leur qu'on va faire une plainte officielle à la Fédération de l'aviation civile si ces cow-boys continuent leurs manœuvres dangereuses.

Le premier officier s'exécuta et une minute plus tard, les F-16 se rangeaient bien sagement de chaque côté du Trompair.

Collin percevait de l'inquiétude chez les adultes, mais pas chez les enfants. Il se demanda pourquoi, mais ne trouva pas la réponse. Il remarqua que le bruit du moteur avait changé et qu'il était devenu beaucoup plus aigu. Il entendait aussi les deux pilotes qui se parlaient rapidement et avec de la tension dans la voix.

Collin se dit qu'il ne pouvait rien faire... Il regagna sa cage, se roula en boule et... s'endormit !

Quelques minutes plus tard, le Trompair décrivit un grand cercle et vint se poser face au vent sur la piste de l'aéroport d'Albany. Il prit une bretelle et s'immobilisa comme l'exigeait la tour de contrôle. Il fut aussitôt entouré de véhicules militaires.

— Mon Dieu, dit Marc... J'ai comme l'impression qu'ils nous prennent pour des terroristes...

— Ça va être cool, ajouta Antoine avec un grand sourire.

Le premier officier ouvrit la porte et l'escalier se déploya... Aussitôt, deux militaires s'engouffrèrent dans l'appareil. Ils bousculèrent Hubert et le firent tomber par terre.

— Du calme, les gars ! dit le commandant Richer en anglais.

— On veut le chat ! MAINTENANT ! aboya l'un des militaires.

— Là, ils sont tombés sur la tête et sans porter leur casque ! répliqua Marc qui vint se placer devant la cage de Collin.

Julie intervint aussitôt, fit discrètement signe à Marc de se rasseoir, sortit son plus beau sourire et dit :

— Messieurs, nous sommes la famille Beauchemin. Nous allons en Floride au condominium de monsieur Trompe, un homme d'affaires bien connu. Pouvez-vous nous donner des explications sur ce qui se passe ?... Nous pourrons alors vous aider avec plaisir...

Les deux militaires furent un peu surpris par les propos de Julie, n'étant pas habitués à la politesse. Ils se consultèrent du regard. Celui qui semblait être le chef reprit :

— Madame, je suis le sergent Rumfeld et voici le caporal Brainless. Je n'ai aucune explication à vous donner... sauf que les services secrets nous ont appris qu'un attentat terroriste se préparait dans la région de St-Petersburg. Nous avons aussi appris que cet attentat serait commis par un imbécile de chat auquel on aurait fixé un explosif d'un nouveau genre, extrêmement puissant... Vous voyagez avec un chat... Vous êtes donc des suspects et nous voulons examiner votre animal et le passer au détecteur. Nous ne lui ferons aucun mal... même si personnellement, je déteste ces chats stupides...

Julie, bien que frustrée par les propos du militaire, respira profondément et dit ensuite calmement aux militaires qu'ils pouvaient examiner Collin, s'ils le désiraient.

— Madame, nous n'avons pas besoin de votre permission ! Nous sommes l'armée américaine ! ajouta le caporal Brainless avec un mauvais sourire.

Le sergent Rumfeld ouvrit la cage et tenta d'attraper Collin. Ce dernier émit un grognement épouvantable qui saisit de stupeur le militaire. Collin lui sauta aussitôt au visage et lui mordit le nez en lui donnant de violents coups de griffe au cou à l'aide de ses pattes arrière. Marie-Hélène s'écria aussitôt :

— Non, Collin... Ils vont te tuer si tu les attaques !

Le sergent Rumfeld poussa un cri d'horreur, recula en se débattant, tomba à la renverse et s'agrippa au caporal Brainless; les deux militaires déboulèrent l'escalier de l'avion et se retrouvèrent sur le sol, les quatre fers en l'air et... sans connaissance.

— Tenez, mes clowns! C'est tout ce que vous méritez pour avoir traité les chats d'imbéciles... et pour vous être montrés grossiers avec ma famille d'humains!

— Bien fait, Collin! ajouta Antoine.

Marc ajouta:

— Est-ce que je rêve? Collin vient d'infliger une grande défaite à l'armée américaine! Il me semble que nos militaires à nous, notamment ceux de Valcartier, sont pas mal plus intelligents que ces deux abrutis-là!

— J'ai une idée, dit le commandant Richer, laissez-moi arranger ça.

Il descendit de l'avion et alla parler aux autres militaires qui entouraient l'appareil.

Vingt minutes plus tard, le commandant Richer revint à bord et annonça:

— Tout est correct... Nous pouvons décoller. J'ai pu joindre monsieur Trompe, qui a des contacts importants au sein du gouvernement américain... Tout a été réglé rapidement... Au fait, les deux militaires sont partis en ambulance... Votre chat ne les a pas manqués. Je ne pensais pas qu'un chat pouvait être aussi féroce... C'était effrayant à voir!

— Les abyssins sont comme ça, dit Marie-Hélène. Ils peuvent être gentils avec leurs amis et sans pitié pour leurs ennemis !

— Je n'aime pas la violence, sous toutes ses formes et en toutes circonstances, dit Julie, et j'insiste vraiment là-dessus... Mais disons que cette fois-ci, je vais faire exception...

Cette dernière remarque fit rire tout le monde... sauf Collin, qui s'était endormi de nouveau.

— Vous voyez, dit Marc, tout est une question d'approche. Si les deux militaires nous avaient demandé poliment d'examiner Collin, nous leur aurions facilité la tâche. C'est leur approche grossière qui leur a valu d'être agressés à leur tour. C'est une loi des relations humaines... Tu es traité comme tu traites les autres...

Tout le monde acquiesça.

Le Trompair décolla et, trois heures plus tard, il atterrissait à l'aéroport de Sarasota-Bradenton près de St-Petersburg.

Antoine, qui n'avait pas beaucoup parlé après l'incident avec les soldats, dit :

— Maman, papa... J'ai décidé de ce que je veux faire plus tard dans la vie... Je veux devenir pilote d'avion. Même si je suis très bon au hockey !

— C'est très bien ! approuvèrent Marc et Julie, l'air très satisfait.

Une limousine attendait les Beauchemin à la porte de l'aéroport et les conduisit au magnifique appartement de monsieur Trompe.

— Wow! dit Marie-Hélène quand elle entra dans l'appartement. Je n'ai jamais rien vu d'aussi... d'aussi...

✳✳✳

PENDANT CE TEMPS...

— Vite, Florence, si ça continue, on va manquer notre avion!

— Mais je n'ai pas fini ma dernière valise... Il faut que j'apporte mes deux robes du soir au cas où...

— Voyons, Florence... TROIS grosses valises pour un petit voyage de dix jours!

Comme de fait, Auguste et Florence arrivèrent en retard à l'aéroport et manquèrent leur vol. Ils durent prendre le vol suivant, mais la première classe était pleine... Ils firent donc le voyage en classe économique.

— Je déteste voyager en classe économique... Ce n'est pas pour nous, maugréa Auguste. En plus, je perds mille dollars par billet, car je ne serai pas remboursé pour les billets de première classe... à cause de notre retard. Ça commence bien!

CHAPITRE 5

LES TROMPES DE MONSIEUR TROMPE

« Tiens… qu'est-ce que c'est que ça ? » se demanda Collin en voyant un petit tapis bleu… Il le sentit d'abord, pour s'assurer qu'il ne représentait aucun danger, et s'avança délicatement sur le tapis. Aussitôt, le tapis se mit à vibrer : c'était un tapis masseur de coussinets !

— Je n'ai jamais rien vu d'aussi… d'aussi… Je n'arrive pas à décrire ce que je vois ! finit par admettre Marie-Hélène, qui ne savait plus où regarder tellement le décor qui s'affichait devant elle était inusité.

— C'est incroyable comme c'est luxueux, dit Julie, ne sachant pas si elle devait être fascinée ou choquée par tout ce luxe.

— Tout le monde cherche le bon mot pour décrire l'appartement de monsieur Trompe, dit en français le concierge, monsieur

Chiffongi, un homme très bronzé et très musclé. Personne ne l'a encore trouvé, admit-il. C'est monsieur Trompe lui-même qui a pensé au design de l'appartement. Vous pouvez déposer vos vestes ici…

Le concierge désigna du doigt un gros éléphant en marbre qui servait de patère. On pouvait déposer parapluies et manteaux sur la trompe qui s'allongeait ou se rapetissait au contact d'un bouton en or blanc de… dix-huit carats, comme le précisa le concierge.

— C'est vraiment cool ce truc, dit Antoine. Tu devrais en vendre à ta boutique, maman…

— C'est effectivement une excellente idée… pour faire faillite ! rétorqua Marc.

— J'allais oublier un élément très important ! s'exclama soudainement monsieur Chiffongi. Nous avons pu entrer dans l'appartement, car le système de détection sonore a reconnu ma voix. Aucune clé n'est nécessaire pour entrer ici. Je vais devoir enregistrer chacune de vos voix et vous pourrez alors avoir accès à l'appartement. Je vais devoir prendre également la photo de votre chat Colline pour le système de reconnaissance visuelle…

— Collin… Il s'appelle Collin, reprit Marie-Hélène en déposant la cage de son chat par terre et en ouvrant la portière pour libérer Collin.

Ce dernier sortit aussitôt de la cage et s'assit sagement aux pieds de sa maîtresse.

Il se retourna et vit l'éléphant en marbre...
Surpris, il fit alors un saut d'un mètre, ce qui
fit rire tout le monde.

— Il n'y a pas de quoi rire ! Je pensais que
c'était un gros Américain comme me l'avaient
décrit mes amis.

Les Beauchemin allèrent dans un studio et
chacun dut, à tour de rôle, prononcer le mot
« trompe » dans l'enregistreur sonore.

— J'espère que personne n'aura d'extinc-
tion de voix, dit Marc, amusé, sinon c'est le
corridor pour un bout de temps !

Avant l'arrivée des Beauchemin, monsieur
Trompe avait fait installer un détecteur visuel
pour Collin au bas de la porte d'entrée.

— Lorsque l'œil magique reconnaîtra le
chat, la chatière électronique s'ouvrira et le
détecteur de corps étrangers à effet rotatif
inversé activera au besoin un pulvérisateur
intégré, expliqua le concierge. Collin sera donc
débarrassé de toute puce ou bactérie qu'il
aurait pu attraper lors de ses promenades sur
la plage... ou ailleurs.

— Maman, ça aussi, tu devrais en vendre
à ta boutique, version pour les humains ! dit
Antoine à la blague.

— Pour ma part, tout est réglé pour votre
séjour dans l'appartement de monsieur
Trompe, déclara monsieur Chiffongi. Je vous
laisse donc vous installer. N'hésitez surtout
pas à me contacter si je peux faire quelque

chose pour agrémenter votre séjour. Pour plus de confort, monsieur Trompe a installé Collin dans la pièce du fond. Il insistait pour que Collin, tout comme vous, ait une vue sur la mer. Bonne journée à tout le monde et bonnes vacances!

Le concierge quitta l'appartement et les Beauchemin décidèrent d'en faire le tour et de se reposer un peu, avant de profiter de la plage et de défaire leurs valises. Le voyage en avion avait été fort en émotions!

Collin décida lui aussi de visiter l'appartement afin de se familiariser avec son nouvel environnement. Il avait compris que «sa pièce» se trouvait au fond... Il voulait y jeter un œil tout de suite. D'une patte rapide, Collin longea le corridor où il y avait une panoplie de bibelots en forme d'éléphant ainsi que des peintures et des sculptures à l'effigie de cet animal.

— Nom d'un chat! s'exclama Collin en entrant dans sa pièce. Aussitôt, il entendit une jolie musique tout en miaulements de chats, mais chantée par deux humains.

La pièce était grande, lumineuse et décorée... au goût d'un chat! Elle était divisée en quatre sections. Une litière géante avec essuie-pattes intégré occupait la partie droite de la pièce. La litière était aussi électronique, de sorte que chaque fois que Collin se soulagerait, une trompe viendrait ramasser ses besoins. La litière serait donc toujours propre... «Pas comme à la maison!» pensa-t-il.

La partie gauche de la pièce était la «cuisine» de Collin. Au lieu d'un bol d'eau ordinaire, monsieur Trompe avait fait installer un petit éléphant dont la trompe versait continuellement de l'eau fraîche et pure. Son bol de nourriture en argent était signé Chartier... un designer reconnu pour son style élégant et ses prix... à vous couper la trompe!

Collin n'en revenait pas! Jamais il n'avait vu un tel luxe! Il s'approcha ensuite de la section «chambre à coucher». Monsieur Trompe avait lu quelques ouvrages sur les chats et avait appris que les animaux, particulièrement les chats abyssins, aimaient bien dormir avec quelque chose au-dessus de leur tête pour se sentir protégés. Le panier de Collin était donc placé sous un gros éléphant en peluche et dès que Collin s'installait, une douce musique rappelant les bruits de la mer se mettait à jouer. De quoi faire de beaux rêves! Son panier était aussi chauffant... Le grand luxe!

Enfin, la dernière section de la pièce était le salon privé de Collin. On y trouvait un petit fauteuil en velours rouge paré de coussins en fausse fourrure, un téléviseur haute définition qui diffusait en continu des émissions sur les animaux ou des dessins animés de Tom et Jerry, un coffre à jouets et même un petit palmier de deux mètres pour faire de l'exercice ou s'aiguiser les griffes.

— Tiens... qu'est-ce que c'est que ça ? se demanda Collin en voyant un petit tapis bleu... Il le sentit d'abord, pour s'assurer qu'il ne représentait aucun danger, et s'avança délicatement sur le tapis. Aussitôt, le tapis se mit à vibrer : c'était un tapis masseur de coussinets !

— Ça chatouille, ce bidule ! constata Collin.

Collin était éberlué par tous ces gadgets. Il décida d'aller visiter les autres pièces de l'appartement de monsieur Trompe, question de savoir si sa famille d'humains avait eu droit à autant d'objets inusités et amusants.

Collin entra dans la pièce voisine; c'était un grand gymnase avec vue sur l'océan et des appareils à la fine pointe de la technologie !

Antoine arriva dans cette pièce tout de suite après Collin et la musique du groupe U2 se fit entendre.

— Cool ! lança-t-il en embarquant sur un vélo stationnaire. Je vais pouvoir m'entraîner durant les vacances, avec de la bonne musique en plus, et revenir en pleine forme pour mon tournoi de hockey !

Devant chaque appareil de conditionnement physique se trouvaient un écran d'ordinateur, des lunettes spéciales et des écouteurs. Antoine enfila le tout et se mit à pédaler...

— Hé ! mais je suis à New York... Je suis en train de faire du vélo dans Central Park !

En effet, chaque appareil était muni d'un dispositif qui permettait de sélectionner une ville dans le monde entier et, grâce aux lunettes 3D, on avait vraiment l'impression d'y être.

— Incroyable, répéta pour la dixième fois Antoine.

Collin quitta le gymnase et se dirigea vers le salon. Une peinture abstraite semblait représenter une famille d'éléphants avec des trompes très généreuses. Cette toile, signée Corbino, recouvrait presque totalement le mur du fond. Trois canapés en cuir de couleur crème étaient séparés par de jolies tables en verre dont chaque base n'était nulle autre... qu'un éléphant! Un cinéma maison, une machine à maïs soufflé et une multitude de bibelots avec des trompes complétaient la décoration.

— Monsieur Trompe a sûrement été un éléphant dans une autre vie, pensa Julie à voix haute.

— Papa ! Maman ! Antoine ! s'écria Marie-Hélène, tout excitée. Avez-vous remarqué que chaque fois qu'on entre dans une pièce, notre groupe de musique préféré se met à jouer?

— Ah... je comprends maintenant pourquoi un des adjoints de monsieur Trompe m'a appelé la semaine dernière pour connaître nos préférences musicales, dit Marc.

Sur ce, il entra dans une pièce et un prélude de Chopin se mit à jouer.

— Franchement, Marc, tu aurais pu choisir autre chose pour moi ! Ce sont des valses de Strauss qui jouent quand j'entre dans une pièce ! protesta Julie avec bonne humeur.

— C'est incroyable tous les gadgets qu'on retrouve dans cet appartement. J'ai l'impression qu'on va en découvrir de nouveaux chaque jour. Êtes-vous allés voir la cuisine ? demanda Marc à sa famille en se dirigeant justement vers cette pièce.

La cuisine et la salle à manger donnaient sur un petit jardin intérieur où une fontaine d'eau et plusieurs sculptures florales rivalisaient par leur beauté et leur originalité.

— Trois frigos ! s'exclama Antoine en entrant dans la cuisine. Pourvu que monsieur Trompe ait pensé à acheter des biscuits au chocolat...

Sur chaque frigo était installé un écran de télévision plasma et un système audio.

— Vous aimez vos chambres, les enfants ? demanda Julie en contemplant le magnifique service de vaisselle orné d'éléphants.

— Oh, maman ! Tu devrais voir ma chambre ! J'ai un lit à baldaquin, s'exclama Marie-Hélène. J'ai toujours voulu en avoir un... Et j'ai mon propre balcon qui donne sur la mer ! Une chambre de princesse !

— La mienne est remplie d'objets techno-logiques! poursuivit Antoine. J'ai un ordina-teur hyper puissant qui n'est même pas encore sur le marché et j'ai même une guitare élec-trique... Qui sait, je me découvrirai peut-être une nouvelle passion!

— Une guitare électrique... Je pensais qu'on était venus ici pour se reposer, dit à la blague Julie.

— Je suis certain que monsieur Trompe a pensé à insonoriser les pièces, rétorqua Marc.

— J'ai le goût d'aller voir la plage, dit Antoine... Qui vient avec moi?

— Moi ! répondit Marie-Hélène. J'enfile mon maillot et j'arrive.

— On vous suit, les enfants...

— Moi aussi, je veux aller à la plage... pensa Collin. Mais qu'est-ce que c'est, une plage?

CHAPITRE 6
COLLIN À LA PLAGE

Pendant ce temps, Collin observait un enfant d'à peine trois ans qui jouait avec un ballon… Il trouva étrange qu'un bambin de cet âge joue seul, si près de la mer. Jamais une chatte n'aurait laissé ses chatons s'approcher ainsi de l'eau.

— Dépêche-toi, Marie-Hélène, dit Antoine, Collin et moi t'attendons depuis vingt minutes. Nous avons hâte d'aller à la plage…

— J'arrive… Ne vous impatientez pas ! J'essaie mes nouveaux maillots et je n'arrive pas à me décider… Tiens, je vais mettre le bleu avec les lignes noires…

— Mets ce que tu veux, mais viens-t'en ! Ça lui prend plus de temps à enfiler son maillot que moi à mettre mon équipement de hockey au complet ! maugréa Antoine en faisant tourner un frisbee sur son doigt.

Antoine, Marie-Hélène et Collin prirent l'ascenseur et arrivèrent rapidement à la porte qui menait à la plage.

— Wow! s'exclamèrent en même temps Antoine et Marie-Hélène. Que c'est beau!

La plage de sable fin s'étendait à perte de vue. Le golfe du Mexique était aussi calme qu'un lac. Une piscine de dimension olympique, bordée de chaises longues, s'avançait dans le golfe. Il y avait des palmiers sur la plage, mais aussi des pins majestueux.

Le préposé à la plage s'avança vers eux en leur tendant de moelleuses serviettes jaunes.

— Vous êtes de la famille Beauchemin, je crois. Bienvenue chez nous. Vous pouvez me demander tout ce que vous voulez... Je suis à votre service. Je me nomme Bob Bull. Appelez-moi Bob, tout simplement.

— Nous souhaitons tout simplement être sur la plage et jouer au frisbee, répliqua Antoine en anglais.

Collin n'en revenait tout simplement pas. Il fit quelques pas sur le sable et dit:

— C'est la plus grande litière au monde! J'ai hâte de raconter ça aux amis. Il y a aussi plein d'eau à boire...

Collin s'approcha de l'eau et but quelques gorgées...

— Ce n'est pas buvable! C'est salé... c'est épouvantablement mauvais! fit-il en recrachant l'eau.

Antoine et Marie-Hélène jouaient au fris-bee depuis une demi-heure lorsqu'ils furent rejoints à la plage par Marc et Julie.

— C'est un endroit magnifique, dit Julie, manifestement ravie. Elle s'assit dans une chaise longue sous un parasol. Marc l'imita.

Collin aperçut des oiseaux qui semblaient butiner et fouiller le sable avec leur long bec pointu. Il s'élança vers eux et les oiseaux s'envolèrent, firent un grand cercle et vinrent se poser un peu plus loin. Collin les poursuivit de nouveau et... se buta à deux longues tiges. Il leva la tête, vit que les deux tiges se termi-naient par un corps imposant, un long cou, un bec terrifiant et deux petits yeux rouges qui semblaient prêts à exploser.

— Attention, Collin, cria Marie-Hélène, c'est un héron. Il n'a pas l'air particulièrement sympathique.

— Hé, le twit! Peux-tu me dire ce que tu fais? demanda le héron en approchant son bec à dix centimètres du museau de Collin.

Collin hésita et répondit:

— Bien, je m'amuse!

Le héron dévisagea Collin, se rapprocha davantage et poursuivit:

— Tu t'amuses! Sais-tu ce que faisaient ces oiseaux avant que tu ne les déranges?

— Non, pas vraiment, répondit Collin. Mais rassurez-vous, je ne voulais pas les man-ger, car je suis en vacances! Je suis d'ailleurs très bien nourri et...

Le héron l'interrompit :

— Ces oiseaux, des bécasseaux, cherchent de la nourriture. Ils passent la journée à essayer de trouver de la nourriture et ce n'est pas facile… tu peux me croire ! Ça leur prend une journée complète pour réussir à se nourrir, et toi, tu les déranges !

— Mes excuses, je ne le savais pas !

— Ça va pour cette fois-ci, mais ne recommence plus ou tu auras affaire à moi !

— OK, j'ai compris, répliqua Collin, qui n'aimait pas qu'on lui fît la morale.

— Collin ! Viens te baigner avec nous, proposa Antoine.

— Les chats détestent l'eau… et moi plus que les autres ! Jamais je ne vais mettre un coussinet là-dedans !

Julie et Marc lisaient en sirotant un jus d'orange que venait de leur servir Bob Bull, le préposé à la plage. Un homme en maillot rouge et blanc s'approcha d'eux et leur dit :

— Bonjour, mes amis ! Vous êtes les Beauchemin et vous habitez l'appartement de monsieur Trompe. Je sais tout, car les nouvelles vont vite ici ! J'imagine que vous aimez la plage, le confort, le luxe et tout… Je me présente… Je suis Monsieur Fuddleduddle. Je viens du Nebraska… Écoutez, je traverse une mauvaise passe actuellement et je pourrais vous vendre mon appartement, qui est deux étages directement en dessous de celui de

monsieur Trompe, pour un excellent prix...
Disons, deux millions de dollars... Qu'en
pensez-vous? C'est un prix d'ami... Voulez-
vous le visiter tout de suite ou un peu plus tard
cet après-midi?

Julie répondit :

— Monsieur... Fuddleduddle, nous ne
sommes pas intéressés. C'est beaucoup trop
cher pour nous !

— Bon... j'ai compris. Je descends mon
prix à un million neuf cent cinquante mille
dollars, mais je n'irai pas plus bas. Mon appartement vaut le double, c'est sûr !

Julie se remit à lire, tout comme Marc, et
monsieur Fuddleduddle s'en alla en maugréant... «Ces Canadiens, ça ne sait même pas
attraper une bonne affaire quand elle passe...
Pas comme nous, les Américains!»

Collin s'étendit sur la plage, sa rencontre
avec le héron l'ayant passablement fatigué.
Les oiseaux poursuivaient leur quête de nourriture et s'approchèrent même très près de
Collin qui les ignora. Le héron était toujours là
et regardait dans leur direction, l'air rébarbatif.

Julie et Marc se baignèrent dans l'eau du
golfe du Mexique une vingtaine de minutes et
reprirent leur lecture en échangeant un mot de
temps à autre.

— Ah! que c'est agréable d'entendre parler
français! s'exclamèrent ensemble deux

femmes septuagénaires, l'une grande et jolie et l'autre, petite avec un teint blafard et un air timide. Nous nous présentons : je suis Diane Desrochers et voici ma sœur, Claudette. Nous habitons l'appartement directement au-dessous du vôtre. C'est un appartement que nous a légué notre défunt père lorsqu'il est décédé d'un infarctus, il y a bientôt dix ans... N'est-ce pas, Claudette ?

— Ma sœur a raison... Bientôt dix ans... Notre père n'a jamais voulu que l'on travaille, ni même que l'on se marie, et pourtant ce ne sont pas les beaux partis qui ont manqué... N'est-ce pas, Diane ?

— Ma sœur a raison, d'autant plus qu'il ne nous pas laissé beaucoup d'argent à part cet appartement qui vaut évidemment une petite fortune...

— Enchanté de faire votre connaissance, dit Marc. Asseyez-vous et parlez-nous de ce qu'on peut faire à Longboat Key... Les bons restaurants, les excursions et tout... Voici Marie-Hélène et Antoine, nos enfants...

Pendant ce temps, Collin observait un enfant d'à peine trois ans qui jouait avec un ballon... Il trouva étrange qu'un bambin de cet âge joue seul, si près de la mer. Jamais une chatte n'aurait laissé ses chatons s'approcher ainsi de l'eau. Il vit à cinquante mètres de là un couple qui était en grande discussion avec Bob Bull. Ces gens-là devaient sûrement être les parents.

Le ballon descendit une douce pente et roula vers le rivage. Le petit garçon essaya de l'attraper sans succès. Le ballon toucha l'eau et commença à s'éloigner du bord, poussé par un vent léger. L'enfant se précipita dans la mer pour tenter de récupérer son jouet. Collin se leva et, inquiet, entra dans l'eau lui aussi. «Je déteste l'eau! se dit-il, comme tous les chats qui se respectent.»

L'enfant perdit pied et fut aussitôt submergé... On ne voyait plus que son maillot jaune et ses petits bras qui s'agitaient dans tous les sens. Il avait la tête sous l'eau et ne pouvait donc pas crier et être entendu.

Collin alla plus profondément dans l'eau pour tenter de secourir l'enfant, mais il se rendit compte qu'il ne pouvait rien faire et qu'il avait besoin d'aide. Il bondit sur la plage et courut à toute vitesse vers ses humains.

— Vite, s'écria-t-il, un enfant est en train de se noyer! Dépêchez-vous!

Marie-Hélène saisit rapidement le message et courut avec Collin vers l'enfant qui se débattait toujours dans l'eau. Antoine la dépassa à la course et récupéra le bambin en le soulevant par le maillot. Ce dernier toussota et se mit à pleurer, ce qui alerta ses parents.

— Mon Dieu, qu'est-ce qui s'est passé? demanda le père, qui accourut aussitôt avec sa femme.

Julie expliqua aux parents que Collin, leur chat, les avait avertis du danger et que le bambin avait été sauvé par Antoine et Marie-Hélène.

— Merci... merci mille fois, ne cessait de répéter la mère.

Les parents, fort honteux, repartirent vers leur appartement en cajolant leur enfant.

— Ce chat est vraiment extraordinaire, n'est-ce pas, ma sœur ? dit Diane Desrochers.

— En effet, ma sœur... Et il est beau en plus.

— Oui, déclara Marie-Hélène avec fierté. Collin est un héros... Il nous a sauvés d'un incendie... Il est même passé à TVA... et il est la mascotte de notre service d'incendie... Il vaut une fortune !

— Ah oui ! Intéressant ! Nous aussi, nous avons eu des chats dans le passé. De beaux chats himalayens ! Nous avons d'ailleurs conservé les bols et différents jouets, n'est-ce pas ma sœur ?

À ce moment, un homme au regard fuyant et arborant un demi-sourire passa près d'eux et s'éloigna rapidement.

— Méfiez-vous de lui, dit Claudette Desrochers. C'est monsieur Crookie, un voleur, un bandit..., enfin, quelqu'un de malhonnête... Il vendrait sa mère au plus offrant, à ce que l'on dit, n'est-ce pas ma sœur ? Viens, nous allons terminer notre partie de scrabble.

Nous jouons beaucoup au scrabble, et en anglais pour perfectionner notre bilinguisme. N'est-ce pas, ma sœur ?

Posté plus loin, le héron avait tout observé… « Pas bête ce chat, pas bête… pour un chat ! » se dit-il.

✳✳✳

PENDANT CE TEMPS…

Florence et Auguste avaient un petit ennui à l'aéroport de St-Petersburg en Floride. Au comptoir de Filouloue inc., la compagnie de location de voitures, le préposé Julio de la Concepcion de San Madrid ne retrouvait pas la réservation de la Mercedes qu'avait louée Florence.

— Tu es sûre, Florence, que tu as bien loué une Mercedes comme je te l'avais demandé ? Une grosse Mercedes… que l'on devait prendre à l'aéroport.

— Oui, j'en suis certaine. Même qu'elle coûtait mille deux cents dollars par jour… payés d'avance avec ta carte de crédit American Stress. Tiens, j'ai la réservation ici.

— Parfait, dit Auguste en montrant la réservation au préposé.

— Ah ! je comprends, dit Julio de la Concepcion de San Madrid, la réservation a été faite pour une luxueuse Mercedes 500, c'est vrai, et toute payée d'avance…, mais à l'aéroport de Saint-Pétersbourg en... Russie. Comme c'est dommage! Vous allez perdre tout votre argent. C'est comme ça que ça marche à notre agence Filouloue en Russie... Leur slogan est d'ailleurs : « Ne vous faites pas voler ailleurs... Venez chez nous! »

— Douze mille dollars chez le diable... et puis ce n'est pas tout! Il faut maintenant louer une autre voiture en plus... Maudit voyage! J'ai mon maudit voyage! ragea Auguste.

— Ne te fâche pas! Ce n'est pas ma faute, se plaignit Florence. Je ne savais pas qu'il y avait deux St-Pretourbourg...

— Ce n'est pas bien grave, ma belle Florence... Tout le monde peut faire des petites erreurs à l'occasion. Monsieur Madrid de la Contracepcion... Qu'est-ce que je peux louer comme voiture ici?

— C'est le temps des fêtes et je n'ai plus grand-chose... En fait, il ne me reste plus qu'une Aveo... C'est petit, très petit, mais ça roule... Tenez, on peut la voir là-bas derrière le palmier. La prenez-vous?

— Je vais la prendre, Monsieur de la Contravencion... Je n'ai pas le choix...

— Et une assurance responsabilité avec ça?

— Non, pas d'assurances pour un char aussi petit et aussi laid! répliqua Auguste de mauvaise humeur.

Auguste remplit les papiers de location et

essaya ensuite de mettre les valises dans le coffre... sans succès.

— Je vais devoir mettre deux de tes valises sur le siège arrière, Florence.

Ils quittèrent l'agence de location et se dirigèrent vers un restaurant, SOS Chic-Chicken, situé le long de l'autoroute 275.

Quand Florence et Auguste sortirent du restaurant, ils réalisèrent que la vitre arrière de leur voiture avait été fracassée et que les deux valises de Florence... avaient disparu!

— My God! Mes robes de soirée et mes maillots... Il va falloir que je rachète tout cela, gémit Florence. Nous n'avons pas le choix!

— Maudit voyage! fit Auguste. As-tu l'adresse de ta sœur, Florence? Tu sais l'appartement de monsieur Trompe?

— Oui, c'est dans la région de St-Petofour, qu'elle m'a dit!

— C'est dommage, Florence, que tu n'aies pas pensé à demander l'adresse précise de l'appartement de monsieur Trompe. On risque maintenant d'avoir des problèmes à le retrouver.

— Ma sœur m'a dit: « Dans la région de St-Petrourbroug.» Je pensais que c'était suffisant. De plus, je voulais lui faire une surprise. Si j'avais demandé l'adresse exacte, elle aurait pu se douter de quelque chose...

— C'est juste! répliqua Auguste, impressionné par le raisonnement de Florence.

Au même moment, un pneu de l'Aveo éclata. Auguste se rangea sur le bord de l'autoroute.

— Merde, dit-il, je n'ai jamais changé un pneu de ma vie. Comment faire ?

Auguste dut sortir les bagages du coffre de l'automobile et, à l'aide du manuel d'instructions, changea le pneu non sans effort... et quelques jurons bien sentis.

Ils arrivèrent finalement à leur hôtel de grand luxe où une magnifique chambre les attendait avec vue sur la baie de Tampa.

— Bon, enfin ! dit Auguste, les ennuis sont finis !

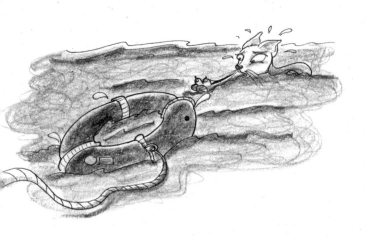

CHAPITRE 7

COLLIN EN BATEAU

« Un... homme à la mer ! cria un des marins. Un... chat à la mer à bâbord ! Puis, il lança une bouée de sauvetage en direction de Collin. Zut ! c'est raté... Trop court ! »

Quatre jours avaient passé depuis l'arrivée des Beauchemin à l'appartement de monsieur Trompe. Chaque jour, c'était le même scénario : le matin à la plage, l'après-midi, visites touristiques des environs et le soir, restaurants de St-Armand ou de Sarasota. Les Beauchemin ont pu ainsi visiter, avec un guide privé, les jardins de Mary Selby, le Musée Ringling, le domaine de Myaka River et Disneyworld. La limousine les prenait à bord, les déposait et venait les chercher de nouveau. Une vie de grand luxe.

Aujourd'hui, un tour de bateau était au programme.

— Voilà la limousine qui arrive, annonça Marie-Hélène.

— J'avoue que je n'aurais pas détesté louer une voiture et visiter la région par nous-mêmes, dit Marc.

— Si nous faisions cela, nous insulterions alors monsieur Trompe, répliqua Julie.

— Je le sais, mais je commence à ressentir un certain inconfort avec cette vie de pacha où tout est contrôlé. J'aimerais avoir plus de liberté.

La limousine conduisit les Beauchemin à la marina de Sarasota, où ils furent accueillis par Alain Cellier, le capitaine du bateau de monsieur Trompe, un Breton fort sympathique.

— As-tu vu le bateau! s'exclama Antoine. Quelle sorte de bateau est-ce? demanda-t-il au capitaine Cellier.

— C'est un Outer Reef 73. Un bateau très luxueux que s'est payé monsieur Trompe lorsqu'il a vendu, il y a deux ans, une tour à bureaux située à Paris. Il mesure vingt-deux mètres et il est équipé de deux moteurs. Avec les nombreuses options choisies par le patron, ce bateau vaut dans les huit millions de dollars. Monsieur Trompe lui a donné le nom amusant de Cash-à-l'eau. Malheureusement, il ne l'utilise pas souvent... En fait, pas une seule fois cette année. Venez à bord, vous allez le visiter et puis nous partirons.

— Ce bateau est un véritable palace… As-tu vu la chambre à coucher et le salon? demanda Julie à Marc.

— Oui… et la cuisine! Il y a même un cinéma maison à bord. Le capitaine Cellier m'a toutefois dit que le bateau de monsieur Trompe n'était rien à comparer avec ceux de plusieurs milliardaires. Il paraîtrait que plus de six mille bateaux de plus de vingt-cinq mètres, qui valent donc des millions de dollars, sillonnent les mers du globe. Incroyable, tant de richesse, n'est-ce pas? Je trouve cela indécent alors que l'Afrique meurt de faim ou du sida.

— C'est indécent en effet, ajouta Julie.

— Je n'ai rien contre les gens riches qui ont gagné leur fortune soit à cause d'un talent particulier, comme Céline Dion, soit à cause d'une idée géniale, comme Joseph-Armand Bombardier. Ils méritent vraiment leur argent et sont des modèles pour la société. Pas comme Auguste, un insignifiant qui a hérité ses millions de son père! Je crois cependant que les multimilliardaires devraient faire comme Bill Gates, le fondateur de Microsoft, et démarrer une fondation pour venir en aide aux pauvres et aux démunis, poursuivit Marc.

— Oui, c'est d'ailleurs ce que Jean Coutu, les Bombardier, les Chagnon de Vidéotron ont fait chez nous, ajouta Julie.

Le capitaine Cellier quitta la marina avec précaution à cause du fort tirant d'eau du bateau. Le vent s'était levé et causait des vagues dont il fallait tenir compte dans la manœuvre du bateau. Le Cash-à-l'eau gagna les eaux du golfe du Mexique en empruntant la Big Sarasota Pass et naviqua vers le sud. Il amena les Beauchemin observer des dauphins dans une petite baie. Ces gros mammifères semblaient prendre vraiment plaisir à faire les pitres devant des spectateurs ébahis.

— Le dauphin est un animal très intelligent, avança Antoine. Peut-être même le plus intelligent de tous les animaux. Je l'ai appris à l'école dans notre cours de biologie. Ils peuvent communiquer facilement entre eux à l'aide de différents sons.

Collin sauta sur le plat-bord du bateau pour voir ces animaux soi-disant si intelligents. Il ne fut pas du tout impressionné.

— N'importe qui peut faire cela, se dit-il, nager, sortir de l'eau et faire des oui de la tête et de drôles de bruits. Être intelligent, c'est plus que cela. Être intelligent, c'est trouver des solutions à des problèmes compliqués... comme trouver le moyen de chasser Jaunisse du quartier pour toujours avec l'aide d'un berger allemand[1]. Être intelligent, c'est... oups !

Collin glissa alors du plat-bord, fit un vol plané de trois mètres et se retrouva dans le golfe du Mexique. « Ouais, ça, ce n'est pas très

[1] Voir *Collin joue au héros.*

intelligent!» se dit-il en se débattant pour se maintenir à flot.

— Un... homme à la mer! cria un des marins. Un... chat à la mer à bâbord! Puis, il lança une bouée de sauvetage en direction de Collin. «Zut! c'est raté... Trop court!»

— Tiens bon, Collin! cria Marie-Hélène. Tiens bon, mon beau chat... On va te secourir... On va te sortir de là!

— Manœuvre de Williamson... Chacun à son poste et mettez votre ceinture de sauvetage.... Moteurs au tiers! ordonna le capitaine Cellier. Virage tribord de soixante degrés et continuez ainsi sur cent mètres.

Le marin préposé à la timonerie répéta les ordres du capitaine pour éviter tout malentendu.

Après deux minutes, le capitaine Cellier donna de nouvelles directives:

— Attention... Parés à la manœuvre... Virage bâbord deux cent quarante degrés... Maintenez ensuite le cap à zéro degré franc nord... Retour sur le naufragé...

— Capitaine, les vents sont maintenant de quinze nœuds du nord-est! cria un marin.

— Correction, dit le capitaine Cellier, correction, cap à cinq degrés pour compenser l'effet du vent...

Pendant tout le temps que dura la manœuvre de Williamson, un marin gardait le bras tendu en direction du naufragé pour guider le capitaine. Ce n'était pas facile à cause des vagues. Collin montait, descendait, apparaissait, puis disparaissait de nouveau.

— Je déteste l'eau, pestait Collin, c'est mouillé et moi, je préfère être au sec. J'arrive à peine à nager à cause des vagues... Marie-Hélène, Antoine, Marc, Julie, mes humains, venez vite à mon secours, sinon je vais me noyer, c'est sûr!

Un dauphin s'approcha lentement de Collin.

— Tu as l'air mal pris... As-tu besoin d'aide?

— Oh oui! Je nage le «petit chat», la seule nage que je connaisse, mais les vagues sont trop fortes. Je ne tiendrai pas longtemps!

Sur ce, le dauphin souleva Collin hors de l'eau à l'aide de son museau, le fit glisser sur sa tête et le maintint dans cette position, inconfortable certes, mais sécuritaire.

— Merci beaucoup. Mes humains vont venir me chercher, c'est sûr.

— Oui, le capitaine a déjà entrepris la manœuvre de Williamson. Il revient vers nous... Directement sur nous, malgré le vent de travers... Il est très bon.

— Diable, fit Collin, tu en connais des choses. Tu dois sûrement être très intelligent... Antoine avait bien raison!

— Les dauphins ne sont pas tous intelligents. Certains – des vrais morons – trouvent le tour de se prendre dans les filets de pêche et d'autres se perdraient même dans un aquarium. Mais en général, les dauphins sont intelligents. On peut nous montrer plein de tours… Moi, par exemple, je faisais tourner des ballons sur mon nez à Seaworld… avant de prendre ma retraite. Cela faisait beaucoup rire les enfants.

— Je pensais que c'était uniquement les phoques de l'Alaska qui faisaient ce tour… Tu aimes ça être un dauphin ?

— Oui, mais il faut aimer l'eau, ce qui ne semble pas être ton cas... Tiens, ton bateau arrive…

— Collin, qu'est-ce que tu fais dans l'eau ? s'exclama Marie-Hélène en se penchant par-dessus bord.

— J'attends le sous-marin de onze heures, répliqua Collin.

— Elle est bien bonne cette blague, s'esclaffa le dauphin. Je vais la répéter à mes amis.

Sur ce, il tira sa révérence en faisant un bond spectaculaire hors de l'eau.

Tout le monde était fort surpris que Collin se soit fait un ami d'un dauphin et que ce dernier l'ait sauvé d'une noyade certaine.

Le capitaine dit alors à Marc et à Julie :

— Nous avons un petit problème. Habituellement dans une telle situation, on lance un harnais de sauvetage que le naufragé attrape et enfile, et on le sort de l'eau. Mais ici, on a affaire à un chat… Je ne sais vraiment pas quoi faire… Je ne peux évidemment pas demander à l'un de mes hommes de sauter à l'eau et…

Antoine intervint :

— Excusez-moi de vous interrompre, mais si vous aviez une épuisette de pêche, je pourrais attraper Collin en me penchant par-dessus bord.

Collin fut rapidement remonté à bord à la grande joie de tous, y compris des marins qui lancèrent des yip ! yip ! hourra ! À la suggestion du capitaine, Marie-Hélène lava Collin à l'eau douce pour enlever toute trace de sel et le frictionna à l'aide d'une serviette. « Finis les bateaux ! se dit Collin. Il n'y a plus une goutte d'eau qui va mouiller mon poil… sauf la pluie et encore… »

Marc proposa de faire une petite partie de pêche. Antoine, qui aimait la pêche tout comme son père, accueillit cette idée avec enthousiasme. Mais au même moment, un membre de l'équipage appela le capitaine Cellier et lui parla pendant quelques minutes.

Le capitaine Cellier revint trouver Julie et Marc :

— Nous devons rentrer… Les services météo viennent de nous aviser qu'un ouragan de force trois ou quatre qui devait poursuivre sa route beaucoup plus à l'ouest vient de changer de direction et se dirige maintenant tout droit sur la région de Longboat Key et de

St-Petersburg. C'est pourtant très rare, un ouragan à ce temps-ci de l'année... Je vais donc vous déposer à la marina de Sarasota, car je dois mettre le bateau en sécurité aux Bermudes. J'appelle la limousine tout de suite.

— Quand devrait arriver cet ouragan ? demanda Marc.

— Demain après-midi, lui répondit le capitaine Cellier, ou avant... Au fait, cet ouragan s'appelle Julie.

— Ce sera alors un ouragan de force quatre, pas de doute ! dit Marc en regardant sa femme avec un sourire moqueur.

— Ce n'est pas drôle du tout ! trancha Julie.

La famille Beauchemin regagna l'appartement et ferma les volets tempête.

— Ne vous en faites pas, leur avait dit monsieur Trompe au téléphone, l'appartement peut résister à tout... même aux ouragans les plus violents. Fermez les volets, faites une provision d'eau et de nourriture et attendez qu'il passe.

Le lendemain matin, Collin, qui ne connaissait rien aux ouragans, profita d'un moment d'inattention de Marie-Hélène pour s'éclipser en douce avec l'intention d'explorer Longboat Key et de faire des rencontres.

PENDANT CE TEMPS...

Florence faisait des emplettes et remplaçait toutes ses robes volées, ce qui fit dire à Auguste :

— Tu as dépensé dix-huit mille deux cent cinquante dollars, Florence; ce voyage me coûte plus cher qu'un tour du monde. Mais au moins, on mange bien et on a un magnifique hôtel... C'est déjà ça !

Lorsqu'ils revinrent à leur hôtel, le directeur les avisa qu'un ordre d'évacuation venait d'être donné par l'Agence météorologique des États-Unis et qu'ils devaient aller se réfugier dans une école primaire à Arcadia, une petite localité située à soixante kilomètres des côtes.

C'est donc en maugréant qu'Auguste et Florence quittèrent leur hôtel de luxe, leur petit paradis, pour se diriger vers leur refuge. Déjà, le temps était gris et le vent commençait à prendre de la force.

CHAPITRE 8
L'OURAGAN

« Il vaut mieux s'inquiéter d'un être cher que de le pleurer… Viens avec moi, nous allons nous cacher dans un abri sûr et laisser passer l'ouragan. Cela peut prendre des heures et il faudra être patient et surtout ne pas paniquer. »
« Je ne panique jamais ! » répliqua Collin.

Collin longea le bord de l'eau sur une centaine de mètres. Il remarqua que la couleur de l'eau avait changé; elle était devenue plus sombre avec des reflets de jaune, de vert et de gris. Il sentit, fort curieusement, que l'air semblait plus lourd et plus rare que d'habitude. Les oiseaux volaient maintenant très bas et semblaient chercher un refuge. Il décida de suivre un petit sentier qui le mena vers un parc. « Comme c'est bizarre, la Floride ! » se dit-il.

Collin contourna un gros bosquet et se retrouva face à face avec trois chats en grande discussion.

— Bonjour, dit Collin avec une certaine appréhension, car il ne savait pas comment ces chats réagiraient à sa présence.

Il se présenta en précisant qu'il était un abyssin habitant au Canada, plus précisément au Québec, et qu'il était en vacances en Floride avec sa famille d'humains. Les autres chats se montrèrent très accueillants et se présentèrent également. Il y avait Tiger, Blackie et Charleene, une magnifique chatte siamoise, toute menue.

— Viens te joindre à nous, dit cette dernière, nous étions en train de parler des humains...

— Oui, ajouta Tiger, un beau chat tigré, nous ne comprenons pas pourquoi les humains se font la guerre. On les voit tous les jours à la télévision commettre des atrocités... Des humains qui tuent d'autres humains. Comprends-tu cela toi, Collin ?

— C'est très difficile à expliquer, répliqua Collin. On ne verrait jamais une armée de chats attaquer une autre armée de chats... C'est la même chose pour tous les autres animaux. Il y a seulement les humains pour faire cela...

— Mais pourquoi le font-ils ? intervint Blackie, un gros chat noir souffrant d'embon-

point. Il n'y a rien à gagner à tuer ses sem-
blables, il me semble. Cela fâche leurs amis
qui cherchent ensuite à se venger et la guerre
ne finit jamais...

— Dans une guerre, il n'y a jamais de
gagnants... seulement des perdants, proposa
Collin. Oui, seulement des perdants...

Les autres chats furent d'accord...

Le ciel devint noir. Les nuages, maintenant
très bas, se mirent à tourbillonner et il commença à pleuvoir. Une minute plus tard, un
torrent de pluie s'abattait sur la région avec un
vent démentiel. En peu de temps, le sol se cou-
vrit de branches de palmier et d'arbustes. Des
chaises s'envolèrent des balcons des
immeubles avoisinants et vinrent frapper des
voitures stationnées.

— C'est une grosse tempête qui s'annonce,
déclara Tiger.

— Non, dit Charleene, c'est un ouragan. Il
faut se mettre à l'abri, car l'eau peut monter et
recouvrir l'île. On risque de se noyer.

Sur ce, Tiger et Blackie s'éloignèrent rapidement par un petit sentier à peine visible et
tout en broussailles pour regagner au plus vite
leurs domiciles respectifs.

— Où demeures-tu ? demanda Charleene
à Collin.

Collin lui expliqua le chemin qu'il fallait
prendre pour aller à l'appartement de monsieur Trompe.

— Tu n'auras pas le temps de t'y rendre, décréta la chatte siamoise. L'ouragan est déjà sur nous.

— Mais Marie-Hélène va être morte d'inquiétude...

— Il vaut mieux s'inquiéter d'un être cher que de le pleurer... Viens avec moi, nous allons nous cacher dans un abri sûr et laisser passer l'ouragan. Cela peut prendre des heures et il faudra être patient et surtout ne pas paniquer.

— Je ne panique jamais! répliqua Collin.

Charleene amena Collin vers une superbe maison juchée sur des pilotis de béton. Le trajet était très difficile en raison des vents violents qui émettaient maintenant un sifflement sinistre. Ils atteignirent un abri d'auto qui se trouvait sous la maison. Charleene fit un bond de trois mètres et se retrouva dans une embrasure bien protégée des éléments. Collin l'imita sans difficulté.

— Ici, nous serons à l'abri. Rien ne peut nous arriver. Même si l'eau montait, elle ne pourrait jamais nous atteindre.

— Merci, dit Collin. Depuis que je suis en vacances en Floride, j'ai failli me faire tuer deux fois. C'est dangereux, la Floride!

— Quand on ne connaît pas bien un endroit, il y a toujours des surprises et du danger. Il faudra que tu te méfies aussi de certains serpents et de tous les alligators, ajouta la nouvelle amie de Collin.

— Qu'est-ce que tu portes autour du cou ? demanda ce dernier.

— C'est un collier que mes nouveaux humains me font porter. C'est un collier spécial qui émet parfois des bruits bizarres. La première fois que je l'ai porté, c'était au stade de football.

— Tu aimes le football ? demanda Collin, fort surpris que l'on amène un chat voir un match de football.

— Je n'ai pas vu le match, on m'avait cachée dans un sac de sport.

— C'est vraiment étrange.

— Oui, j'ai aussi compris en écoutant mes humains que dans quelques jours, nous allions retourner au stade pour un match très important de championnat où il y aurait beaucoup de monde.

Après plusieurs heures, l'ouragan sembla se calmer et Collin manifesta le désir de retourner chez lui. Charleene s'opposa à cette idée, car c'était le passage de l'œil de l'ouragan. Dans un moment, l'ouragan reprendrait de plus belle avec des vents de direction opposée. C'est exactement ce qui se passa.

— Charleene, tu m'as vraiment sauvé la vie. Je ne sais pas comment je pourrai te remercier un jour.

La tempête prit fin en début de soirée et les deux amis purent enfin sortir de leur cachette.

— Ce n'était pas un très gros ouragan, mais il était tout de même dangereux, ajouta Charleene.

Les deux chats convinrent de se retrouver le lendemain dans le parc.

Collin regagna l'appartement de monsieur Trompe en cherchant à éviter de marcher sur les débris qui jonchaient le sol.

— Tu étais dehors par ce temps, Collin !

Collin se retourna et vit le héron qui s'approchait de lui.

— Oui... J'ai été pris par surprise, répondit Collin. Mais comment connais-tu mon nom ?

— On ne parle que de toi ici depuis que tu as sauvé le petit garçon de la noyade...

— J'ai moi-même été sauvé de la noyade par un dauphin... Et toi, comment t'appelles-tu ?

— On m'appelle Gros marabout !

Le héron s'éloigna rapidement en disant :

— Je dois aller reconstruire mon nid qui a été démoli par l'ouragan. Bonne chance, Collin.

Collin entra dans le magnifique édifice qui habitait l'appartement de monsieur Trompe. Il crut apercevoir monsieur FuddleDuddle qui s'éclipsa aussitôt.

Collin monta à l'étage et le système de sécurité lui ouvrit la porte. Il vit alors Marie-Hélène qui regardait par la fenêtre, le cherchant sans doute.

— Ah! te voilà enfin! s'écria-t-elle, partagée entre la joie et la colère.

Collin lui sauta dans les bras, ronronna et lui lécha le visage avec affection.

— Bravo, Collin, d'avoir survécu à cette terrible tempête, dit Marc avant de se tourner vers Julie et les enfants. Nous avons été chanceux, car l'ouragan nous a évités. Il a plutôt frappé de plein fouet Arcadia, une petite localité située dans les terres, où malheureusement on avait envoyé des gens se réfugier.

✳✳✳

PENDANT CE TEMPS...

Auguste et Florence arrivèrent juste à temps à l'école primaire d'Arcadia qui devait leur servir de refuge. Ils furent accueillis par un vent d'une rare violence. «Je vais être toute décoiffée!» se plaignit Florence. Ils garèrent l'auto dans le stationnement et coururent aussi rapidement qu'ils le purent se mettre à l'abri à l'intérieur.

Ils entrèrent dans le gymnase où se trouvaient déjà cinq cents ou six cents personnes. La direction de la Sécurité nationale leur assigna deux lits de camp et leur donna des consignes de sécurité très strictes. Ils ne devaient en aucun temps s'approcher des fenêtres, boire l'eau des abreuvoirs, ni évidemment mettre le nez dehors.

Auguste et Florence se sentaient vraiment démunis et fort mal à l'aise avec tout ce monde.

Peu de temps après, un des responsables de la sécurité prit le micro et dit :

— Mauvaise nouvelle, mes amis. L'ouragan a encore dévié de sa trajectoire. Il ne se dirige plus vers Longboat Key et St-Petersburg comme le pensaient les météorologues, mais directement sur nous à Arcadia. Il atteint maintenant le niveau de force quatre et on peut s'attendre à d'importants dommages dans la région. Restez calmes… Nous serons bien protégés ici dans cette école.

Il fit une pause et continua d'un air sévère :

— Le repas sera servi un peu plus tard… Il faudra évidemment faire la ligne et manger dans les gamelles que nous vous fournirons. C'est de la nourriture utilisée dans des situations d'urgence… Ce n'est pas du filet mignon ou du homard que nous vous servirons, c'est un ragoût de pattes de cheval de la compagnie Chaudron bleu. Pour les végétariens, nous avons des petits pois en boîte. Et je vous en prie, pas de critiques !

Auguste devint… bleu, blanc, puis rouge de colère.

— Maudit voyage ! On était dans un hôtel de luxe à St-Petersburg et on nous évacue dans cette école minable où il y a à peine cinq toilettes pour mille personnes, et c'est ici que l'ouragan va frapper. En plus, ils vont nous faire manger du ragoût de cheval du Chaudron bleu... J'ai mon maudit voyage ! Ces météorologues prétendent prédire le climat qu'il fera dans cent ans, mais ils ne peuvent pas prédire où ira un ouragan qu'ils ont devant le museau !

Auguste et Florence passèrent une journée d'enfer. Le toit de l'école se mit à couler, des vitres des fenêtres se brisèrent, tous les enfants pleuraient et leurs parents se chicanaient, l'électricité vint à manquer et... ils durent manger leur ragoût tiède...

— Auguste, je crois que je vais être malade, se plaignit soudainement Florence, toute blême. Je crois que j'ai une castro-enpyrite... J'ai des crampes agrominales, c'est l'enfer... Je n'aurais pas dû boire l'eau du robinet... J'avais oublié l'interdiction. Auguste, fais quelque chose... Il faut que j'aille aux toilettes... et ça presse !

— Florence, il y a une ligne d'au moins soixante-quinze personnes devant chaque toilette...

Auguste informa alors un préposé à la sécurité de leur délicate situation. Ce dernier fournit à Florence une chaudière à plancher et un drap que devait tenir Auguste pour assurer à sa femme un minimum d'intimité... et de décorum !

— Que c'est humiliant! Que c'est humiliant! ne cessait de répéter Florence.

— Et moi, j'ai les bras fatigués à force de tenir ce drap. Allez, dit-il à l'intention des curieux qui essayaient de regarder Florence, il n'y a rien à voir... juste ma femme Florence qui est en train de... enfin!

— My God! dit Florence, juste avant de vomir de nouveau.

L'ouragan finit par se calmer. Auguste sortit de l'école et trouva l'Aveo à cinq cents mètres de là. Des objets poussés par des vents en furie avaient brisé les vitres et sérieusement endommagé la carrosserie. Il y avait plein de sable dans le compartiment du moteur... La voiture était de toute évidence une perte totale. Auguste repéra les valises à plusieurs mètres de là, ouvertes et vidées de leur contenu par le vent et les vagues.

Un passant lui dit:

— Ne vous en faites pas... Les assurances responsabilités vont tout payer: la voiture et son contenu.

— Mais je n'ai pas pris l'assurance, répliqua Auguste au bord des larmes.

Auguste donna plusieurs coups de téléphone, puis il déclara à Florence, qui, heureusement, prenait un peu de mieux:

— J'ai pu rejoindre Julio Madrid de la contradicion. C'est définitif! Comme j'ai refusé l'assurance, je vais devoir rembourser l'Aveo... dix-sept mille dollars américains. Maudit voyage! J'ai hâte de retourner à Mont-Royal... ma ville! C'est vraiment dommage pour tes toilettes neuves, Florence.

— Je t'en prie, Auguste, ne me parle pas de toilette...

CHAPITRE 9

VISITE-SURPRISE DE MONSIEUR TROMPE

> « *Mais j'aimerais surtout entendre que j'ai été un bon mari et un bon père de famille… Quelqu'un qui a fait le bien autour de lui, qui a contribué à la société et dont on se souviendra pour de nombreuses années… Oui, c'est ce que j'aimerais entendre…* »

Le lendemain de l'ouragan, une voix se fit entendre dans l'interphone de l'appartement, celle de monsieur Trompe.

Accompagné de Marilyn, monsieur Trompe monta à l'appartement et salua toute la famille Beauchemin d'un air enjoué.

— Comment aimez-vous mon appartement ? demanda-t-il. Plein de gadgets, n'est-ce pas ? Est-ce qu'on s'occupe bien de vous ? Ce tour de bateau, c'était bien ? Les visites touristiques aussi ? Les enfants, avez-vous aimé Disneyworld ? Et la tempête ? Au fait, j'ai cinq billets pour le match de championnat de football qui se déroulera dimanche prochain au stade de Tampa Bay... Même le président des États-Unis sera là.... J'y serai moi aussi, dans trois jours...

Puis, apercevant Collin, il ajouta :

— Désolé, Collin, je n'ai pas de billet pour toi... Les chats ne sont pas censés aimer le football... Comme les femmes d'ailleurs... Ces dames trouvent ce sport stupide, alors qu'elles n'arrivent même pas à en comprendre les règles de base !

Sur ce, il éclata de rire.

Julie invita Marilyn à faire une promenade pour constater les dégâts de la tempête. Monsieur Trompe et Marc se retrouvèrent sur le patio du penthouse en sirotant un verre de jus de canneberge.

— Appelle-moi Gérard, ça me ferait plaisir...

— Bien sûr, Gérard... Nous aimons beaucoup notre séjour à Longboat Key dans ton appartement. C'est tellement luxueux. On se serait bien passé de la tempête cependant... D'autant plus que Collin a disparu pendant une quinzaine d'heures et que Marie-Hélène était dans tous ses états...

— Les chats ont neuf vies, c'est bien connu, ajouta monsieur Trompe.

— Dans ce cas, il lui en reste sept, car il a aussi failli se noyer... C'est un dauphin qui l'a sauvé! Demain, c'est l'anniversaire de notre grande fille. Elle va avoir onze ans. On l'amène au Musée Dali et ensuite... les cadeaux et le resto.

Monsieur Trompe sourit, regarda longuement Marc et lui posa la question suivante:

— Dis-moi, Marc, honnêtement, est-ce que tu changerais ta vie avec la mienne?

— Qu'est-ce que tu veux dire, Gérard? Je ne suis pas certain de bien comprendre ta question.

— Tu sais... La vie de luxe que je mène, l'avion privé, le bateau, des appartements un peu partout dans le monde, dont celui-ci...

— C'est une question difficile... Je ne voudrais pas te vexer, mais non, je ne crois pas...

Collin sortit sur le patio et s'étendit sur une chaise longue en ronronnant.

— Voyons, Marc! Je vaux un milliard quatre cents millions de dollars... Tu ne changerais pas de place avec moi? Voyons donc! Prends seulement le bateau, il vaut...

— Oui, je sais, le capitaine Cellier me l'a dit. Moi, je ne sais pas combien je vaux exactement... Je gagne bien ma vie à l'université. J'ai aussi du temps libre pour faire ce que j'aime, comme écrire des livres. Julie gagne plus que moi à la boutique... C'est une femme d'affaires hors pair, bien qu'elle soit un peu fatiguée de la vie trépidante de commerçante... Elle souhaiterait bien faire autre chose.

Gérard Trompe continuait d'écouter, l'air étonné. Marc poursuivit :

— Mais puisque tu me parles de bateau, Gérard, je vais te dire une chose qui éclairera ma réponse à ta question. Le plus beau moment que j'ai passé en bateau, c'est dans une chaloupe verchère de cinq mètres avec mon fils Antoine, à la pêche... Seulement lui et moi, un matin, sur un lac des Laurentides. Nous nous sentions si proches l'un de l'autre. Nous étions tellement heureux... C'est l'un des beaux souvenirs de ma vie. Ma famille est tellement importante pour moi... Julie, Marie-Hélène, Antoine... et même Collin le chat ! Et pour toi Gérard, c'est important la famille ?

— Ma famille ? Je me suis séparé de ma femme il y a cinq ans. Elle veut le divorce, mais ça me coûterait vingt-cinq millions... Elle peut sécher sur la corde à linge ! J'ai un fils que je ne vois pas souvent... On s'est chicanés, question d'argent. Tout ce qu'il possède c'est grâce à moi ; il me doit donc tout et il n'est pas reconnaissant... J'ai un petit-fils, Charles, que j'adore... C'est tellement innocent et pur, un enfant... J'aime Marilyn... Je crois bien que c'est évident pour tout le monde... Elle voudrait bien que l'on se marie et moi aussi. Mais ce n'est pas possible à cause du coût du divorce...

— Je sais que tu as très bien réussi dans les affaires et que tu es un champion de l'immobilier, dit Marc, mais es-tu heureux... vraiment heureux?

Monsieur Trompe regarda Marc et ses yeux s'embuèrent. Il se pencha et caressa Collin qui se réveilla en faisant un mrrr interrogateur.

— Je vais te poser une question bizarre... vraiment bizarre, Gérard. Tu n'es pas obligé d'y répondre et je ne veux surtout pas que tu t'offusques...

— Non, vas-y. Je t'écoute...

— Supposons que tu décèdes demain matin. Qu'est-ce que tu souhaiterais que les gens disent de toi... au salon funéraire? Qu'est-ce que tu aimerais entendre à ton sujet?

— En voilà toute une question! répondit monsieur Trompe, d'abord étonné puis songeur. Mais je vais jouer le jeu jusqu'au bout et je vais te répondre. C'est intéressant... Je souhaiterais entendre que j'ai bien réussi en affaires et que j'ai réalisé de fameux bons coups, comme la vente de la tour à bureaux à Paris... Mais j'aimerais surtout entendre que j'ai été un bon mari et un bon père de famille... Quelqu'un qui a fait le bien autour de lui, qui a contribué à la société et dont on se souviendra pour de nombreuses années... Oui, c'est ce que j'aimerais entendre...

— Crois-tu que c'est effectivement ce que tu entendrais… si l'irréparable arrivait demain matin ?

Monsieur Trompe détourna son regard et se mit à réfléchir. Collin se réveilla, s'étira, changea de position et se rendormit.

Après cinq longues minutes d'un silence qui devenait de plus en plus lourd, monsieur Trompe demanda à Marc ce qu'il ferait à sa place.

— Je suis certain que tu es de bon conseil parce que tu es désintéressé et que tu ne cours pas après mon argent, ce qui est plutôt rare, ajouta-t-il avec un demi-sourire.

— C'est une question embêtante que tu me poses, Gérard, mais je vais tenter d'y répondre comme tu as répondu à la mienne, qui n'était pas facile non plus…

Marc se leva, regarda le golfe du Mexique dont les eaux s'étaient enfin calmées, réfléchit pendant quelques instants et dit :

— Je ferais quatre choses si j'étais à ta place, Gérard. Tout d'abord, je ferais le ménage dans ma vie personnelle. Un, je réglerais la question du divorce avec ma femme… Vingt-cinq millions, c'est une fortune inimaginable pour moi, mais pas pour toi. Deux, je marierais Marilyn puisque c'est ce que vous souhaitez tous les deux. Trois, je ferais la paix avec mon fils, quelle que soit la raison de votre désaccord. Lorsqu'on décide d'avoir des enfants, il est convenu qu'on doit leur donner ce qu'il y a de mieux... Il n'est donc pas juste de dire qu'un enfant nous doive tout... Tu es le père et tu dois prendre l'initiative dans cette affaire...

Marc fit une pause, les yeux fixés sur les manœuvres malhabiles d'un petit catamaran qui semblait sur le point de chavirer.

— Quoi d'autre? La quatrième? demanda monsieur Trombe avec un brin d'impatience et de frustration dans la voix.

— Quatre, je contribuerais au progrès de la société; par exemple, je mettrais sur pied une fondation qui viendrait en aide aux enfants défavorisés. Comme fonds de départ, je mettrais l'argent qui proviendrait de la vente du bateau, des appartements et d'autres biens qui ne te sont pas très utiles. Je pense que ça ferait un joli magot pour démarrer... C'est ce que je ferais à ta place.

Gérard Trompe soupira, regarda Marc, esquissa un sourire mal à l'aise, se leva, appela Marilyn, salua tout le monde et... partit.

— J'espère que je ne l'ai pas vexé, dira plus tard Marc à Julie.

Ce à quoi elle répondit:

— Tu as dit ce que tu pensais et je suis tout à fait d'accord avec toi. As-tu le goût de faire un tour sur la plage avant d'aller dormir?

CHAPITRE 10

LE RAPT DE COLLIN

> *« Ma journée d'anniversaire avait si bien com-*
> *mencé, mais c'est le pire anniversaire de toute*
> *ma vie, ou plutôt la pire journée de toute ma*
> *vie ! Je veux mon chat ! Je veux mon Collin »,*
> *hoquetait Marie-Hélène, inconsolable, entre*
> *deux sanglots.*

— Bonne fête, Marie-Hélène ! s'exclamèrent d'une voix joyeuse Antoine, Julie et Marc.

Ces derniers s'étaient doucement intro-
duits dans sa chambre afin de lui faire un
« réveil-surprise ».

— Merci... mais quelle heure est-il ?
demanda Marie-Hélène en bâillant, visible-
ment encore endormie !

— Il est sept heures trente, mais nous
avons décidé de te réveiller tôt, car nous allons
déjeuner sur la plage... La journée s'annonce

superbe. J'ai préparé un pique-nique de fête! dit Julie. Allez, debout, Mademoiselle... Allons à la plage!

Au même moment, Collin sauta sur le lit de Marie-Hélène et lui lécha le visage avec affection en guise de souhait de bonne fête.

— Si Collin vient déjeuner avec nous, alors je me lève tout de suite, déclara Marie-Hélène avec enthousiasme. Je vais sûrement avoir quelques cadeaux aujourd'hui, mais il sera impossible d'avoir un plus beau cadeau que Collin, mon cadeau de l'an dernier!

— Papa, va-t-on pouvoir pêcher un peu après le déjeuner? demanda Antoine. Il paraît que la pêche est particulièrement bonne tôt le matin. C'est Bob Bull qui m'a dit ça hier et il va nous prêter des cannes à pêche et des leurres. Ah oui, et pendant que j'y pense... Bob m'a demandé si on comptait s'absenter de l'appartement aujourd'hui... Il m'a demandé ça parce que la direction désire vérifier le système de sécurité...

— Ah? C'est bon à savoir, répliqua Marc. Je suis toujours partant pour la pêche... Je te lance un défi: celui qui en attrape le plus a droit à deux portions de gâteau ce soir...

— Franchement, Marc, dit Julie en souriant... Je le permets seulement parce que c'est la fête de Marie-Hélène... Des calories vides!

Tout le monde partit rapidement se préparer.

Marie-Hélène enfila d'abord son maillot rouge et noir, mais opta finalement pour le maillot turquoise. Elle attrapa sa serviette de plage, ses lunettes de soleil, sa crème solaire et son chapeau et mit le tout pêle-mêle dans un sac en toile. Elle brossa ses cheveux et se fit à toute vitesse une queue de cheval qu'elle noua négligemment avec un ruban blanc.

— Allez Collin, allons déjeuner maintenant!

Collin ne se fit pas prier et la suivit en trottinant jusqu'à la plage.

Le copieux déjeuner d'anniversaire de Marie-Hélène se passa sous le signe de la bonne humeur par un temps splendide. Aucun nuage ne masquait le ciel bleu qui tirait sur l'orangé. Une légère brise permettait de tolérer sans difficulté le soleil chaud de la Floride. Les oiseaux s'affairaient à trouver de quoi déjeuner. Collin fit semblant de ne pas les remarquer.

Antoine donna son cadeau à sa sœur: un journal pour son chat, dans lequel elle pourrait raconter quelques anecdotes sur Collin et coller les photos qu'elle avait apportées. Marie-Hélène était ravie de ce présent, car elle adorait écrire et caressait même l'idée de rédiger un livre rapportant les aventures de Collin. Qui sait, peut-être qu'un jour son projet se concrétiserait?

Marc et Julie avaient planifié une journée bien remplie pour l'anniversaire de Marie-Hélène. En effet, après le déjeuner et quelques belles prises d'Antoine (il avait pris deux poissons de plus que Marc!), la famille était revenue à l'appartement pour se changer et se doucher, car elle partait visiter le Musée Dali en fin d'avant-midi. La journée se poursuivrait avec un dîner léger au Bush Garden, où Marie-Hélène pourrait alors déballer son deuxième cadeau d'anniversaire, offert cette fois par ses parents.

Le reste de la journée serait consacré au magasinage et à quelques balades touristiques dans les environs pour finalement se terminer au resto le plus en vogue de la région, le célèbre Crab and Finn de St-Armand.

Mais pour profiter du programme de la journée, il fallait d'abord quitter l'appartement.

— Allez, maman... On t'attend depuis vingt minutes! s'exclama Antoine, qui détestait attendre après les gens.

— Antoine, je viens de voir par la fenêtre les sœurs Desrochers qui sortaient de leur voiture avec des sacs d'épicerie et elles semblaient avoir un peu de difficulté. Peux-tu aller les aider s'il te plaît? Nous te rejoindrons dans quelques instants à la limousine.

— D'accord, dit Antoine, toujours serviable.

Quelques minutes passèrent et la famille se retrouva près de la limousine.

— Alors Antoine, demanda Julie, est-ce que tu as pu aider les sœurs Desrochers ?

— J'aurais bien aimé, mais elles m'ont dit qu'elles n'avaient pas besoin d'aide. C'est bizarre parce qu'elles semblaient en arracher avec un sac qui semblait lourd pour elles.

Quelques minutes après le départ de sa famille, Collin se dirigea tranquillement dans sa chambre. Il entreprit sa toilette et s'installa confortablement dans le petit fauteuil en velours. Le fauteuil était disposé de manière à ce que Collin puisse apprécier la chaleur du soleil. Il ne prit que quelques minutes pour se plonger dans un profond sommeil.

Alors, tout se passa très vite.

Malgré son ouïe exceptionnelle, Collin n'entendit pas la porte de l'appartement s'ouvrir lentement. Il n'entendit pas non plus les pas qui se rapprochaient de sa chambre, car il dormait en toute confiance.

Les pas s'arrêtèrent un moment au seuil de sa chambre. On n'entendait que le doux ron-ronnement de la climatisation tellement tout était calme. Les pas s'approchèrent du petit fauteuil de Collin. On ouvrit alors bien grand une poche en jute, on saisit Collin et on le balança dans la poche. Collin, surpris, se réveilla, mais n'eut pas le temps de réagir... Il était trop tard, on avait déjà noué la poche.

Les pas se dirigèrent ensuite vers la porte de sortie du vestibule. Avant de partir, on déposa une enveloppe blanche sur la table de verre du salon.

La porte se referma doucement.

Quelques heures plus tard, les Beauchemin rentrèrent de leur journée. Il était vingt et une heures. Marie-Hélène était radieuse, elle avait été traitée aux petits oignons toute la journée. Une journée de rêve qu'elle avait bien hâte de raconter à ses amies. Pour l'instant, elle voulait terminer sa soirée en s'amusant avec Collin et lui montrer ses cadeaux. Elle l'appela... mais pas de réponse! Où était-il? Il avait pourtant l'habitude de venir l'accueillir dès qu'elle arrivait.

Pour sa part, Antoine s'installa dans le confortable canapé de cuir du salon et ouvrit le téléviseur. Il remarqua aussitôt l'enveloppe sur la petite table de verre.

— Papa! Maman! Je crois que vous avez reçu du courrier. Il y a une enveloppe sur la table.

— C'est peut-être tante Florence qui t'a envoyé une carte d'anniversaire, dit Julie en regardant Marie-Hélène. Non, j'y pense, c'est impossible parce que je ne lui ai pas donné l'adresse... Je me demande bien de qui provient cette lettre. Elle n'est adressée à personne. C'est seulement inscrit « Urgent » sur l'enveloppe.

Curieuse, Julie ouvrit l'enveloppe. Elle lut attentivement la lettre et devint blanche comme un cachet d'aspirine.

— Marie-Hélène, as-tu vu Collin ? Est-il dans l'appartement ? questionna Julie, d'une voix mal assurée.

— Justement…, il n'est pas là ! C'est bizarre. Collin est toujours rentré à cette heure, sauf la fois de l'ouragan. Pourquoi me poses-tu la question, maman ? demanda Marie-Hélène soudainement très inquiète.

Marc prit la lettre des mains de Julie pour la lire à son tour. Il blêmit.

Antoine s'était levé du fauteuil et jetait un œil à la lettre en même temps que son père.

— Qu'est-ce qui se passe ? Pourquoi me poses-tu des questions sur Collin ? Où est Collin ? demanda Marie-Hélène, qui avait maintenant les larmes aux yeux. Je veux voir la lettre moi aussi !

— Marie-Hélène, dit Marc d'une voix grave, on a kidnappé Collin et on nous demande une rançon de cent mille dollars pour le ravoir !

— Quoi ! Mais pourquoi a-t-on volé Collin ? Cent mille dollars ? Je ne comprends pas ! Ça ne se peut pas, je n'y crois pas ! C'est un cauchemar !

Antoine prit sa sœur en larmes par les épaules et la dirigea doucement vers le canapé du salon.

— Nous allons retrouver Collin, lui promit-il. Tu vas voir.

— Ma journée d'anniversaire avait si bien commencé, mais c'est le pire anniversaire de toute ma vie, ou plutôt la pire journée de toute ma vie ! Je veux mon chat ! Je veux mon Collin, hoquetait Marie-Hélène, inconsolable, entre deux sanglots.

— Je n'en reviens pas qu'on ait pu s'introduire dans l'appartement durant notre absence; il faut faire quelque chose pour retrouver Collin, mais cent mille dollars ! dit Marc, qui avait beaucoup de mal à masquer son inquiétude.

— L'important, c'est de rester calme et de réfléchir… C'est ainsi qu'on trouve les meilleures solutions ! déclara Julie.

Un peu plus tard, la famille Beauchemin alla se coucher, mais personne ne dormit.

CHAPITRE 11
COLLIN PRISONNIER

Collin conclut qu'il ne pourrait pas sortir; il devait donc trouver un moyen pour attirer l'attention. Il regarda le robinet et le filet d'eau qui coulait. Soudain, il eut une idée. C'était sa seule chance pour sauver du complot terroriste sa famille et tout le monde qui serait au stade. Il fallait que son idée fonctionne, la vie de sa famille en dépendait!

— Reste calme et réfléchis, se répéta Collin pour la dixième fois.

Collin était enfermé dans une salle de bain. Les volets tempête étaient fermés et il faisait noir, très noir. Heureusement que les chats, particulièrement les abyssins, possèdent une excellente vision dans l'obscurité!

Le ou les kidnappeurs avaient pris soin de laisser couler le robinet; Collin avait donc accès à de l'eau fraîche en tout temps.

Cela faisait maintenant quelques heures que Collin tournait en rond dans la salle de bain, identique à celle de Marie-Hélène. Il savait ainsi qu'il était toujours dans le même immeuble et que sa famille n'était pas très loin. Cette constatation le rassura.

— Marie-Hélène doit être terriblement inquiète, se dit Collin. Mais pourquoi m'avoir volé ? Quel est l'objectif du ou des kidnappeurs ? Et surtout, qui est-il ou qui sont-ils ? Tant de questions sans réponse, soupira Collin, qui s'assit pour mieux réfléchir.

Du bruit se fit entendre derrière la porte. On chuchota, mais Collin n'arrivait pas à reconnaître les voix. Chose certaine, il y avait au moins deux personnes dans l'appartement.

Collin continua de réfléchir. Il était évident qu'on avait préparé le coup avec soin, car une litière neuve occupait le coin droit de la salle de bain. Il y avait même une balle et une souris.

— Je n'ai vraiment pas la tête à jouer. Je dois plutôt trouver une façon de sortir d'ici, pensa Collin.

Soudain, on passa sous la porte de la nourriture sèche pour chats dans une petite assiette en porcelaine toute craquelée.

— Cette assiette est une véritable antiquité ! Au moins, je suis nourri et j'ai à boire, se dit Collin en mangeant quelques croquettes... Pouah ! c'est dégueu ! C'est de la nourriture bon marché... C'est très mauvais pour mon poil !

Collin sauta sur le comptoir de la salle de bain et but un peu d'eau pour faire passer la nourriture. Il resta calme et continua de réfléchir. Quel voyage ! Il pensa à ses amis chats américains et surtout à Charleene avec son collier mystérieux qui émettait des bruits étranges. Quelle idée aussi d'amener un chat dans un stade de football, surtout si c'est pour le laisser dans un sac sport ! Les humains de Charleene doivent être bizarres ou fous... ou les deux !

Collin se leva et marcha un peu... Soudain, il s'arrêta, comme en état de choc... Il se remémora les propos des pilotes et des militaires... Un attentat terroriste se préparait dans la région et serait exécuté par un chat ! Ça y est ! Il fit le lien. Les humains de Charleene sont des terroristes et Charleene est munie d'un dispositif qui va faire sauter le stade et tout le monde avec... y compris sa famille d'humains et monsieur Trompe.

— Je dois vite sortir d'ici pour avertir ma famille. Mais comment ? Sois calme et réfléchis, se répéta-t-il... Si tu veux aller vite... prends ton temps !

Collin observa attentivement la salle de bain. Il y avait la porte, bien sûr, mais celle-ci était verrouillée de l'extérieur. Il n'y avait donc aucune chance de sortir par la porte, même si Collin savait comment ouvrir une porte!

La fenêtre était difficilement accessible et les volets tempête étaient fermés; Collin ne pourrait pas l'ouvrir, même s'il était un abyssin!

Collin conclut qu'il ne pourrait pas sortir; il devait donc trouver un moyen pour attirer l'attention. Il regarda le robinet et le filet d'eau qui coulait. Soudain, il eut une idée. C'était sa seule chance pour sauver du complot terroriste sa famille et tout le monde qui serait au stade. Il fallait que son idée fonctionne, la vie de sa famille en dépendait!

D'un coup de patte, Collin boucha le trou du robinet avec le bouchon et réussit habilement à ouvrir le robinet à pleine capacité. Est-ce que son idée allait marcher? Allait-il réussir à sauver sa famille?

CHAPITRE 12
LA POLICE S'EN MÊLE

« Un instant, intervint Antoine dans un anglais un peu hésitant mais correct, peut-être que notre chat a été enlevé justement par des terroristes pour réaliser leur attentat... »

Dès six heures, la famille Beauchemin était debout et essayait de trouver une solution au vol de Collin.

— Je sais ce que je vais faire, réussit à dire Marie-Hélène entre deux sanglots.

— Quoi, ma belle fille ? demanda Julie avec tendresse.

— Je vais appeler monsieur Trompe pour qu'il me prête l'argent… Cent mille dollars, ce n'est rien pour lui. Dès que je vais commencer à travailler, je lui enverrai de l'argent chaque semaine jusqu'à ce que la somme soit remboursée au complet, même si ça doit me prendre cinquante ans... Je veux revoir Collin.

— L'idée n'est pas mauvaise, dit Julie en jetant un coup d'œil à Marc. Je suis certaine que monsieur Trompe accepterait de te prêter l'argent, car il a bon cœur. Tâchons toutefois de mettre la main au collet des bandits qui ont fait le coup, et de récupérer notre Collin. L'idée de donner cent mille dollars à ces gens me lève le cœur.

Marc donna raison à Julie et dit :

— Voici ce que je propose de faire, si vous êtes d'accord. Antoine et moi, nous allons à la police. C'est le travail des policiers de faire enquête et de trouver les ravisseurs de Collin. Julie, tu pourrais rester avec Marie-Hélène... Elle a vraiment besoin de toi.

Julie acquiesça.

Marc et Antoine prirent l'ascenseur et demandèrent ensuite à Bob Bull où se trouvait le poste de police le plus près. Bob fut d'abord très surpris par la question. Il leur indiqua ensuite que c'était à cinq minutes de marche vers le sud, sur le boulevard Gulf of Mexico.

Le service de police de Longboat Key se trouvait dans un édifice neuf de deux étages qui donnait sur la baie de Sarasota. Il était facile de constater que l'argent n'était pas un problème pour cette municipalité de la côte ouest de la Floride où vivaient tant de riches retraités.

— Wow ! s'exclama Antoine en entrant dans le poste. Regarde l'aquarium, papa... Il est vraiment magnifique avec plein de poissons tropicaux. Il y a même un requin marteau dedans !

— Que puis-je faire pour vous, Messieurs ? demanda le policier de faction à la réception.

— Nous désirons vous rapporter un enlèvement, déclara Marc.

— Un enlèvement ! Je vous dirige tout de suite au bureau des affaires criminelles. Vous allez rencontrer le sergent Racoon. Je l'appelle à l'instant.

Une minute plus tard, Marc et Antoine pénétraient dans le bureau du sergent Racoon. C'était un bureau immense avec une vue magnifique sur la baie. Le policier se leva et serra la main de Marc et d'Antoine. Sans plus de préambule, il posa aussitôt à Marc la question suivante :

— Quelle est l'identité de la personne enlevée et son numéro d'assurance sociale ? Il faut faire vite. Chaque seconde compte. Nous allons utiliser notre nouveau système informatique et nous connecter immédiatement sur le réseau du FBI pour leur rapporter l'enlèvement.

— Euh... voici, répondit Marc, mal à l'aise, ce n'est pas une personne qui a été enlevée, mais plutôt un chat. Il se nomme Collin. C'est un abyssin et...

— Un chat ? Vous me faites perdre mon temps pour un chat ! On ne s'occupe pas des animaux disparus ici ! Allez à la fourrière municipale. Tout notre temps est consacré à tenter de prévenir un attentat terroriste qui doit avoir lieu bientôt dans notre région... Un attentat qui serait d'ailleurs commis avec l'aide d'un chat, paraît-il...

— C'est qu'on nous demande une rançon pour nous rendre Collin... Cent mille dollars, poursuivit Marc.

— Cent mille dollars pour un chat ! Est-ce que c'est le chat de Julia Roberts, qui a une résidence secondaire tout près d'ici, ou d'une autre célébrité du cinéma ?

— Non, mais notre chat est déjà passé à la télévision au Canada... et il...

— Un instant, intervint Antoine dans un anglais un peu hésitant mais correct, peut-être que notre chat a été enlevé par les terroristes justement pour réaliser leur attentat... Ce serait une bonne piste pour vous...

— Holy smoke ! Vous avez peut-être raison, jeune homme ! Dans ce cas, je vais mettre notre meilleur homme sur l'affaire : le détective Russo, qui est vraiment un policier génial. Retournez chez vous... Le détective Russo va aller vous rencontrer dans une heure... Il donne actuellement un cours de tai-chi au centre communautaire. Laissez votre adresse au policier à la réception. Au fait, le détective Russo parle bien français, car ses parents habitaient au Québec avant de venir s'établir en Floride il y a une vingtaine d'années...

Marc remercia le sergent Racoon et revint tranquillement à l'appartement de monsieur Trompe avec Antoine à ses côtés.

— C'était une super bonne idée, Antoine, de relier l'enlèvement de Collin au possible attentat terroriste... Sinon, nous n'aurions jamais eu l'assistance de la police. Ce Russo semble être un bon policier, si on se fie au sergent Racoon. J'ai bon espoir qu'il retrouve Collin.

— J'ai confiance aussi, répliqua Antoine, songeur. J'ai comme dans l'idée que notre Collin n'est pas bien loin. C'est une intuition, rien de plus.

Marc et Antoine rencontrèrent monsieur Fuddleduddle dans l'ascenseur. Il était dans tous ses états. Une importante fuite d'eau provenant de l'étage au-dessus avait littéralement inondé son appartement et causé d'importants dégâts.

— Cela va me coûter une fortune! gémit-il. Il faudra refaire le plafond et changer tous les meubles et le tapis du salon. Catastrophe! Moi qui allais mettre mon appartement en vente...

Marc raconta à Julie et à Marie-Hélène leur visite au poste de police et tous attendirent avec impatience l'arrivée du détective Russo.

PENDANT CE TEMPS...

— Es-tu contente, ma Florence ? On rentre finalement chez nous... Quel voyage ! On n'a eu que des désagréments, seulement des désagréments ! Finis les voyages pour moi... Je reste chez nous à Mont-Royal, ma ville, pour toujours !

Auguste et Florence avaient pu devancer leur vol de retour et voyager cette fois en première classe. Arrivés à Dorval, ils prirent un taxi pour se rendre à leur luxueux domicile.

— C'est bizarre, dit Florence en sortant de la voiture, la porte d'entrée est ouverte. Avais-tu oublié de la fermer, Auguste ?

— Pas du tout. Je l'ai bien vérifiée avant de partir. Je m'en souviens très bien, même si nous étions pressés de nous rendre à l'aéroport.

Auguste et Florence entrèrent dans la maison et se rendirent rapidement compte qu'ils avaient été cambriolés durant leur absence. Adieu cinéma-maison, chaînes stéréo, bijoux et bibelots de valeur... Tout était sens dessus dessous.

— C'est comme si un ouragan était passé par ici, dit Auguste. Ce voyage de malheur m'aura coûté au moins soixante-quinze mille dollars !

— Ne me parle surtout pas d'ouragan ! répliqua Florence, découragée.

Un peu plus tard, Florence vint voir Auguste qui écoutait la radio, car les téléviseurs avaient tous été volés, et lui dit :

— Sais-tu quoi, Auguste ? J'ai perdu douze livres.

— Ils nous ont même volé des livres de la bibliothèque ? Je n'en reviens pas ! On aura tout vu... des livres ! Des voleurs qui volent des livres... Le coup a été fait par des intellectuels, probablement par des jeunes qui ont étudié en... phisolophie et qui n'ont pas pu se trouver un travail... J'aurais dû m'en douter... Des livres ! Mais ça ne me fait rien, car je ne lis jamais... D'ailleurs, j'étais contre la construction de la Grande Bibliothèque de Montréal... Un gaspillage d'argent et...

— Non, ce ne sont pas des livres de la bibliothèque. Je me suis pesée... et j'ai perdu douze livres, ou cinq kilos, durant le voyage. J'ai fondu...

— Cela ne fait rien, Florence, car tu es toujours aussi belle. Tu n'as qu'à bien manger et...

— Justement, Auguste, c'est le temps de manger. Il me restait une boîte de conserve du Chaudron bleu dans l'armoire... Leur fameux ragoût de pattes de lapin avec petites patates brunes assaisonnées au pesto de tomates asséchées.

— Nooooooon !

CHAPITRE 13
COLLIN EST SAUVÉ

> *Le détective Russo se leva et arpenta le salon, les mains derrière le dos, l'air pensif... Il dit pour lui-même : « Je sens que nous sommes près de la solution... Je le sens... Je le sens... »*

À dix heures précises, on sonna à la porte. Un homme de petite taille aux cheveux noirs entra et salua les Beauchemin.

— Je suis le détective Russo, John Russo. Appelez-moi Johnny, si vous le voulez bien.

— Bienvenue, détective Russo, euh... Johnny, dit Marc, nous comptons sur vous pour retrouver notre chat Collin.

— Oui, Monsieur Johnny, ajouta Marie-Hélène, il faut absolument retrouver notre chat. Il nous a sauvé la vie lors de l'incendie de notre maison au Québec... et puis je l'aime !

— Jeune fille, considère qu'il est déjà là, ton chat. Je vais le retrouver en moins de deux! Moi, je trouve tout... sauf mes clés d'auto le matin.

Il partit d'un grand rire sonore, avant d'ajouter:

— Montrez-moi d'abord la lettre de demande de rançon.

Julie alla chercher la lettre et la remit au policier.

— Travail d'amateur! fit dédaigneusement le détective en lisant la lettre.

— Qu'est-ce qui vous fait dire cela? demanda Antoine, surpris et curieux à la fois.

— Plusieurs éléments, jeune homme. Primo, c'est un papier plutôt rare, de type parchemin, qui conserve les empreintes digitales pendant des siècles. Secundo, le ou les kidnappeurs ont fait une grossière erreur en écrivant à la main. Tercio, ils ne parlent pas du mode d'échange chat-argent. Quarto, ils ont écrit le mot anglais Urgent sur l'enveloppe, terme rarement utilisé en anglais américain. L'auteur est peut-être un Britannique... L'anglais est un peu bizarre dans la lettre, comme s'il s'agissait d'une traduction à l'aide d'un dictionnaire. L'auteur utilise des mots plutôt rares, mais fait aussi des fautes d'orthographe bêtes. C'est une bonne piste.

Le détective Russo dit alors, d'un air tout à fait détendu :

— Parlez-moi de votre chat.

— C'est un chat abyssin lièvre qui est très intelligent. Il a un peu plus d'un an maintenant. C'était mon cadeau d'anniversaire de l'an dernier, répondit Marie-Hélène dans un souffle.

— Je connais les chats abyssins et c'est vraiment une race supérieure, renchérit le détective Russo. Dans ce cas, il est possible que Collin s'échappe ou bien qu'il nous fasse signe. Est-ce que vous soupçonnez quelqu'un ? Pensez-y bien... C'est quelqu'un qui forcément vous connaît, que vous avez sûrement rencontré et qui sait que votre chat représente une grande valeur pour vous... Allez, un petit effort...Prenez votre temps... Ayez confiance...

Tous les membres de la famille Beauchemin se mirent à réfléchir. Le détective Russo garda le silence et attendit patiemment.

Antoine parla le premier.

— J'ai trouvé bizarre que Bob Bull, le préposé à la plage, m'ait demandé hier si nous partions pour la journée... Il s'agissait, semble-t-il, de faire un test du système de sécurité, mais il avait peut-être une autre idée en tête... Il est aussi devenu très nerveux lorsque nous lui avons demandé où se trouvait le poste de police.

— Intéressant, dit le policier, très intéressant. Bravo !

— Moi, je me souviens, ajouta Julie, que les sœurs Desrochers, nos voisines d'un étage en dessous de notre appartement, nous avaient mis en garde contre un certain monsieur Crookie « qui vendrait sa mère au plus offrant ». C'est peut-être lui qui a fait le coup...

Marc ajouta :

— Monsieur Crookie n'est pas très sympathique, je l'admets. Mais il ne faut pas oublier monsieur Fuddleduddle. Cet homme semblait vraiment à court d'argent... Il voulait même nous vendre son appartement, qui est situé deux étages en dessous du nôtre, pour un bon prix : un million neuf cent cinquante mille dollars.

— J'imagine que ce prix comprenait les meubles... Je vais appeler au bureau pour que l'on vérifie si ces personnes ont un dossier criminel.

Le détective Russo prit son téléphone portable et donna les noms au préposé en prenant soin de bien les épeler. Il rangea son téléphone et vint s'asseoir avec les Beauchemin.

Deux minutes plus tard, son téléphone sonna. Le détective Russo prit son calepin et nota plusieurs informations.

— Négatif, dit-il. Bull a fait un mois de prison pour bagarre dans un bar, mais cela fait cinq ans et il semble s'être rangé depuis. Crookie n'a aucun dossier judiciaire et Fuddleduddle n'a que quelques contraventions pour stationnement illégal. Je doute que ce soient nos oiseaux.

— Oui, nous avons rencontré monsieur Fuddleduddle et il était dans tous ses états à cause d'un gros dégât d'eau dans son appartement, ajouta Antoine. Je serais bien surpris que ce soit lui...

Le détective Russo se leva et arpenta le salon, les mains derrière le dos, l'air pensif... Il dit pour lui-même : « Je sens que nous sommes près de la solution... Je le sens... Je le sens... » Il sortit un sac de cacahuètes de la poche de son veston et commença à en manger :

— Je réfléchis mieux quand je mange des cacahuètes.

— Je peux ajouter quelque chose ? demanda Marie-Hélène, qui ne voulait surtout pas déranger le détective dans ses réflexions.

— Bien sûr, Mademoiselle.

— Je me souviens d'avoir dit que notre chat valait une petite fortune...

— Quand cela ? demanda Julie, étonnée.

— Bien... lorsque Collin a sauvé le petit garçon... Il y avait les sœurs Desrochers...

— Non, Marie-Hélène, l'interrompit Marc, les sœurs Desrochers ne peuvent pas avoir fait ce coup-là... Ce sont deux « petites vieilles », comme on dit chez nous, qui doivent se tenir à l'église et prendre de l'eau bénite comme apéritif...

— Papa, s'exclama Antoine... La fuite d'eau provient peut-être de l'appartement des sœurs Desrochers et elle inonde l'appartement en dessous, celui de monsieur Fuddleduddle. C'est peut-être Collin qui nous envoie comme un signal...

— Je me souviens maintenant que les sœurs Desrochers nous aient dit qu'elles n'avaient pas beaucoup d'argent... Seulement l'appartement légué par leur père, ajouta Julie.

— Et vous trouviez l'anglais de la lettre un peu bizarre, Johnny. Les sœurs Desrochers sont francophones... Elles jouaient aussi au scrabble en anglais pour se perfectionner, indiqua Marc.

— Et le sac d'épicerie qui était très lourd... et elles n'ont pas voulu que je les aide, précisa Antoine. J'ai trouvé ça bizarre sur le coup... Peut-être que ce sac contenait de la litière et de la nourriture pour chats.

— Regardez la lettre ! ajouta Marie-Hélène, la mine soudain réjouie. J'ai appris à l'école qu'en anglais on mettait le signe de dollar avant le montant alors qu'en français, on le met après. Voyez le montant dans la lettre... Le signe vient après le cent mille. Ceux qui ont volé Collin sont donc des francophones !

— Bravo, jeune fille... Bravo, jeune homme! Je pense qu'on tient les coupables... J'appelle l'escouade tactique tout de suite!

— L'escouade tactique pour arrêter deux « petites vieilles » ! Ne trouvez-vous pas que vous y allez un peu fort, Johnny? demanda Marc.

— Vos « petites vieilles », comme vous le dites, sont des criminelles, Monsieur Beauchemin. Elles n'ont peut-être pas le goût de finir leurs jours en prison... Il faut se méfier.

Puis, tout se passa comme dans un film. Trois policiers lourdement armés et casqués descendirent du toit avec l'aide de filins d'acier et prirent position sur le balcon, tandis que cinq autres policiers se placèrent devant la porte d'entrée. Au signal donné, ils défoncèrent les portes de l'appartement des sœurs Desrochers. On les trouva en train de rédiger une lettre aux Beauchemin indiquant comment leur faire parvenir la rançon. Claudette perdit connaissance en disant « clousse de clousse! » Diane essaya de griffer un policier et d'en mordre un autre, mais trois policiers la maîtrisèrent rapidement en lui mettant les menottes et une camisole de force.

Claudette Desrochers reprit ses esprits peu après et on lui passa également les menottes.

— C'est ma sœur Diane qui a monté le coup... Moi, je suis innocente, n'est-ce pas, ma sœur?

— Ma sœur, tu es une imbécile finie !

On amena les sœurs Desrochers dans un fourgon cellulaire.

Le détective Russo délivra Collin en personne. « Viens, mon beau chat... Viens retrouver ta maîtresse... »

Collin lui sauta dans les bras tellement il était content et se mit à lui lécher la figure et à ronronner à tue-tête. Il était sauvé.

Le détective monta ensuite à l'étage des Beauchemin et donna Collin à Marie-Hélène qui pleura de joie. Antoine fit de même et se réfugia sur le patio, loin des regards. Julie et Marc avaient eux aussi de la difficulté à retenir leurs larmes...

— Bravo, Antoine et Marie-Hélène, vous avez vraiment aidé le détective Russo à résoudre cette affaire, finit par dire Marc.

— Nous devons aller au poste avec Collin, ajouta le détective Russo. Il est important qu'il soit vu par un vétérinaire pour s'assurer qu'il n'ait pas été maltraité pendant sa captivité.

La famille Beauchemin, Collin et le détective Russo marchèrent jusqu'au poste où ils rencontrèrent le sergent Racoon.

— N'est-ce pas qu'il est fort, notre détective Russo... Il est le meilleur. J'ai bien peur que le FBI nous le ravisse un jour... J'ai appelé un vétérinaire, un dénommé DeBeef... Je crois qu'il vient du Québec ou de la France, car il a un accent français... Au fait, les sœurs

Desrocher ont réussi à pénétrer dans votre appartement en utilisant une photo de Collin dérobée d'un album photos de votre jeune fille et en la présentant au détecteur à l'entrée.

Dix minutes plus tard entrait le docteur DeBeef avec un grand sourire... qui s'estompa rapidement lorsqu'il vit Marc, Marie-Hélène et... Collin.

Collin se mit alors à grogner et s'approcha lentement du docteur Lebœuf avec l'intention de lui faire un très mauvais parti...

Le docteur Leboeuf, qui se faisait maintenant appeler DeBeef, n'eut d'autre choix que de se sauver en courant...

— Il court très vite malgré son embonpoint, dit le détective Russo. Mais vous semblez le connaître ?

— Oui, répondit Marie-Hélène, ce vétérinaire soignait Collin au Québec. C'est un charlatan qui ne pense qu'à l'argent et qui maltraitait les animaux qu'on lui confiait. Collin lui a fait perdre son permis de pratique et il a dû s'expatrier aux États-Unis pour continuer à jouer au vétérinaire...

— Un autre cas résolu par la police de Longboat Key, conclut le sergent Racoon. Nous sommes les meilleurs ! Tiens, je vais appeler les journaux pour leur parler de notre exploit.

CHAPITRE 14
COLLIN DÉJOUE
UN COMPLOT TERRORISTE

« Je vais appeler le FBI pour leur dire que nous avons réussi, nous, la police de Longboat Key, à trouver et à désamorcer la bombe. Mais nous allons arrêter nous-mêmes ces bandits. C'est sur notre territoire... Ne perdons pas de temps... Ces gars-là sont très dangereux. Collin, montre-nous où se terrent ces terroristes... Nous te suivons. »

— Salut, Collin ! Reviens nous voir quand tu veux, s'écria le détective Russo à la porte du poste de police. Quel animal sympathique, ajouta-t-il à l'attention du sergent Racoon, qui lui aussi saluait la famille Beauchemin de la main.

Marie-Hélène, avec Collin dans les bras, fit un sourire radieux aux deux policiers. Retrouver Collin était sans doute le plus beau cadeau d'anniversaire dont elle pouvait rêver.

C'est comme si on lui avait donné deux fois ce magnifique abyssin.

Collin était ravi d'être libre. Mais il lui restait un devoir à accomplir: sauver sa famille d'humains, monsieur Trompe, Charleene et... les milliers de spectateurs qui assisteraient au match de football au stade de Tampa.

Collin fit un bond et se libéra de l'emprise affectueuse de Marie-Hélène. Il courut une dizaine de mètres, s'arrêta, se retourna, miaula un « Ne vous inquiétez pas ! » et décampa à toute vitesse.

— Ah non, Collin ! s'écria Marie-Hélène. Tu ne vas pas encore partir ! Reviens ici. Reviens ici... tout de suite !

— Je ne comprends pas le comportement de notre chat, dit Antoine. Nous le sauvons et... il se sauve ! C'est comme s'il avait été appelé par une force surnaturelle...

— Ou bien naturelle, ajouta Marc. Il y a peut-être une chatte derrière tout ça !

— Je ne crois pas, dit Marie-Hélène. Mon Collin est bien trop jeune pour penser aux chattes.

Marc et Julie sourirent et s'échangèrent un regard complice. Julie ajouta :

— Ton Collin a un an... Il est maintenant un chat adulte. Il doit commencer à s'intéresser aux chattes. Qu'en penses-tu, Antoine ?

— Ouais... fut la réponse d'Antoine, qui n'élabora pas sur cette question. Allons nous baigner, proposa-t-il. J'ai vraiment hâte à dimanche pour aller voir la partie de football.

Marc acquiesça pendant que Julie et Marie-Hélène faisaient la moue.

Collin décida de prendre un raccourci pour retrouver Charleene. Il coupa donc à travers un marais bordé d'arbres étranges pleins de mousse et dont les racines semblaient provenir des branches. Il rencontra un lièvre qui s'enfuit aussitôt... « Quand on dit peureux comme un lièvre... », pensa Collin. Il vit toutefois des oiseaux de proie tourbillonner dans les airs et il comprit la peur du lièvre.

Une douce chaleur émanait du marais... La lumière était différente aussi, très vaporeuse et presque blanche. Collin décida de s'arrêter et pensa à la manière d'aborder Charleene pour lui faire comprendre le grand danger qu'elle courait... et qu'elle ferait courir à tout le monde le lendemain. Il aperçut soudain ce qui lui sembla être un arbre couché sur le bord de l'eau et il s'assit dessus... question de bien réfléchir.

— Bizarre, on dirait que cet arbre respire. Et l'écorce est verte... Voyons cela de plus près.

Collin marcha avec prudence sur cet arbre, qui commença à avancer lentement... « De plus en plus bizarre, les arbres de la Floride... »

L'« arbre » se retourna et ouvrit une gueule affreuse avec deux rangées de dents superposées, menaçantes, puantes et toutes croches. La gueule se referma avec un grand clac et Collin, grâce à un prodigieux bond arrière, échappa de justesse à l'attaque de l'alligator.

L'alligator se mit à poursuivre Collin, qui ne savait plus trop où aller, ne connaissant pas les environs.

— Par ici! cria une voix... celle de Gros marabout, le héron ami de Collin. Cours en zigzag et l'alligator ne pourra pas t'attraper. Fais vite!

Collin sentit l'haleine fétide de l'alligator derrière lui et fit ce que lui disait son ami: il courut en zigzag et put ainsi échapper à l'alligator qui cessa toute poursuite au bout d'un moment. Collin s'arrêta, hors d'haleine, et remercia le héron. Il venait de l'échapper belle de nouveau et il se dit: « Moi, c'est décidé! Je ne voyage plus, c'est beaucoup trop dangereux! »

Collin poursuivit sa route.

Charleene n'était pas dans le parc. Collin attendit patiemment pendant une heure et il conclut finalement qu'elle ne viendrait pas. Il ne savait plus quoi faire. Devait-il retourner chez ses humains et leur expliquer ce qui se passait? Il lui sembla peu probable que les Beauchemin, même Marie-Hélène, puissent le comprendre. Il se sentit découragé et très fatigué. Il sauta sur un des bancs du parc et il se mit à réfléchir... Que faire?

Un couple de personnes âgées passa et lui adressa un beau sourire.

Puis, il lui vint une idée, une très bonne idée : retrouver Tiger et Blackie, les amis de Charleene, qui devaient bien savoir où elle habitait.

Collin se souvenait qu'ils avaient emprunté un petit sentier plein de broussailles pour fuir l'ouragan. Il décida de suivre ce chemin, mais avec la plus grande des prudences, car il ne désirait pas tomber de nouveau sur un alligator ou encore sur un serpent. S'il devait être tué, sa famille d'humains et des milliers de personnes mourraient.

Collin fit à peine cinquante mètres et déboucha sur une éclaircie... et sur Tiger et Blackie.

— Nous nous demandions pourquoi Charleene ne venait plus nous voir, dit Tiger. Cela fait deux jours que nous ne l'avons pas vue !

Collin expliqua rapidement la situation à Tiger et à Blackie : Charleene était certainement retenue prisonnière puisqu'elle devait servir de bombe aux terroristes pour faire sauter le stade.

Les trois amis décidèrent de se rendre à la maison de Charleene. Ils l'aperçurent à la fenêtre. Charleene semblait très heureuse de les voir, mais de l'extérieur, on n'entendait pas ses miaulements et ce qu'elle disait.

— Voici mon plan, dit Collin aux deux autres chats. Vous miaulez comme des fous devant la porte d'entrée. Les terroristes vont certainement ouvrir pour vous chasser et moi, j'entre sans qu'ils s'en rendent compte... et je délivre Charleene.

Tiger et Blackie approuvèrent cette tactique, même s'ils la trouvaient risquée pour Collin et pour Charleene.

Ils allaient mettre ce plan à exécution quand la chance leur sourit : une camionnette de livraison de pizza se gara devant la maison. Le livreur en sortit immédiatement, se présenta à la porte et sonna. Collin se cacha derrière un gros pot de fleurs qui se trouvait tout près de la porte d'entrée. Un homme de forte corpulence vint répondre, prit les pizzas et dit au livreur de patienter un instant, car il devait aller chercher son portefeuille. Collin en profita pour se faufiler dans la maison et gravir à toute vitesse les marches de l'escalier qui se trouvait devant la porte d'entrée. Il entendit un faible miaulement, repéra la pièce où se trouvait Charleene et ouvrit facilement la porte en abaissant la poignée.

— Collin, qu'est-ce qui se passe ? Mes humains ne me laissent plus sortir. De plus, ils ont mis un drôle de truc sur mon collier. Demain nous allons au stade et...

— Charleene, ta vie est en danger, ainsi que celle de milliers de personnes, dont mes humains. Viens avec moi... Vite, il faut sortir d'ici et se sauver avant que le livreur de pizza ne parte et que la porte ne se referme. Vite!

Collin et Charleene descendirent l'escalier à toute vitesse, mais la porte se refermait déjà... Ils n'auraient malheureusement pas le temps de fuir... C'était la fin!

À peine fermée, la porte s'ouvrit de nouveau et le livreur passa la tête en disant:

— Monsieur, vous avez oublié mon pourboire!

Collin et Charleene profitèrent de cette chance extraordinaire pour passer la porte et s'enfuir. Aussitôt, le terroriste cria:

— Vite, attrapez mon chat... Cent dollars de pourboire pour attraper mon chat! C'est le siamois, pas l'autre !

Le livreur partit à la course derrière Collin et Charleene et était sur le point de les rattraper quand il trébucha sur Tiger et Blackie qui s'étaient jetés devant lui. Collin et Charleene avaient maintenant le champ libre et ils se dirigèrent vers le marais en pensant que personne n'oserait s'y aventurer.

Collin expliqua la situation à Charleene, qui était catastrophée.

— Moi, une bombe! J'aurais tué tous ces gens. C'est affreux. Mais que devons-nous faire? demanda-t-elle.

— J'ai mon idée là-dessus, mais soyons prudents, car il y a un alligator dans les parages. Viens avec moi...

Collin et Charleene traversèrent le marais, mais ne firent aucune mauvaise rencontre. Ils entrèrent dans le poste de police où travaillaient le sergent Racoon et le détective Russo. Ils se dirigèrent vers le bureau de ce dernier.

— Bonjour, Collin! dit le détective. Tiens, tu m'amènes de la visite... Une belle chatte... C'est ta copine? Tu as du goût! Mais qu'est-ce que tu as à t'énerver? Pourquoi miaules-tu comme cela? Mais qu'est-ce qui se passe? Sergent Racoon, venez ici s'il vous plaît...

Le sergent Racoon entra dans le bureau de son collègue et chercha à comprendre lui aussi ce qui se passait et ce que signifiaient les miaulements de Collin.

— On dirait que Collin veut nous dire quelque chose, dit le sergent.

— Ça, je le sais, sergent, qu'il veut nous dire quelque chose, mais quoi? Il nous montre maintenant avec sa patte le cou de la chatte... Peut-être a-t-elle été blessée dans une bataille de chats... Ah! je déteste ne pas comprendre!

— Holy smoke! s'exclama le sergent Racoon. Regardez le collier de la chatte... Mais, c'est le fameux Positron Choc Total, le PCT, qui émet une onde de choc dévastatrice et mortelle... Holy smoke! C'est la bombe! On l'a! Mais elle peut exploser n'importe quand... Évacuation...Tout le monde dehors!

— Attendez, sergent! J'ai lu moi aussi le communiqué du FBI. La bombe ne peut pas fonctionner dans l'eau. Mettons le collier dans l'aquarium à l'entrée. La bombe sera alors inoffensive. Merci Collin, tu sauves l'Amérique et le monde! Rien de moins!

Le sergent plongea immédiatement la bombe dans l'aquarium... Dix secondes plus tard, le collier que portait Charleene émit un sifflement et des bulles vinrent éclater à la surface de l'eau.

— Ah, les sauvages! cria le détective Russo. Les terroristes ont déclenché la bombe à distance... Dix secondes plus tôt et le poste de police et la moitié de Longboat Key étaient pulvérisés. On l'a échappé belle! Il me faut ces bandits..., ces lâches... ces rats d'égout! Appelons le FBI pour faire arrêter ces mécréants...

Le sergent Racoon proposa une autre idée.

— Je vais appeler le FBI pour leur dire que nous avons réussi, nous, la police de Longboat Key, à trouver et à désamorcer la bombe. Mais nous allons arrêter nous-mêmes ces bandits. C'est sur notre territoire... Ne perdons pas de temps... Ces gars-là sont très dangereux. Collin, montre-nous où se terrent ces terroristes... Nous te suivons. Les gars, cette fois-ci, pas de gaffe comme la dernière fois... Vous vous souvenez du suspect dans l'édifice que l'on devait arrêter et qui a réussi à filer?

— C'est votre faute, sergent Racoon. Vous nous aviez demandé de surveiller les sorties... et le suspect s'est sauvé par une entrée ! répliqua l'un des policiers.

— Sergent Racoon !

— Quoi encore ?

— Le requin marteau dans l'aquarium... vient de manger le collier... Je pense qu'il va nous falloir une scie pour récupérer la pièce à conviction.

— On verra ça plus tard... En avant !

Collin, Charleene et une dizaine de policiers lourdement armés sortirent du poste de police et empruntèrent le raccourci du marais et le petit sentier jusqu'à la maison des terroristes.

Les policiers encerclèrent la maison et donnèrent l'assaut. Ce faisant, un énorme policier marcha sur la queue de Collin qui lança un miaulement de douleur. « Ayoye ! gros épais ! Regarde où tu marches !... Mes amis m'avaient pourtant bien averti de faire attention à ma queue avec tous ces humains surdimensionnés. »

Les terroristes se rendirent aux policiers, sans qu'un seul coup de feu ne soit tiré.

Le sergent Racoon exultait :

— Nous avons arrêté les terroristes nous-mêmes et désamorcé la bombe qui devait éclater demain durant le match de football auquel assisteront le président des États-Unis et cent mille personnes. Nous sommes des héros! Nous sommes des héros!

— Il ne faudrait pas oublier Collin, dit le détective Russo. Sans lui, c'était la catastrophe.

— Tu as raison! Appelons les Beauchemin pour leur annoncer la nouvelle... et évidemment tous les journaux et la télévision! Bravo Collin!

— Je te remercie, Collin... Tu m'as sauvé la vie, dit Charleene.

— Comme tu as sauvé la mienne lors de l'ouragan, ajouta Collin.

— Détective Russo, suggéra le sergent Racoon, amenez la chatte siamoise au poste de police. Elle n'a plus personne pour prendre soin d'elle. Nous allons l'adopter et la traiter comme une reine. Elle le mérite bien!

CHAPITRE 15

LA CÉLÉBRITÉ

« *C'est ça, la célébrité... Trouvez-vous cela intéressant ?* » *questionna Julie.*

Les sonneries stridentes des nombreux
téléphones de l'appartement de monsieur
Trompe se firent entendre.

— Mais qui peut bien nous réveiller à trois
heures du matin ? grogna Marc, tout endormi.

— Allo !

— Monsieur Beauchemin... la famille de
Collin ? demanda une petite voix aiguë dans
un anglais rudimentaire et avec un drôle
d'accent.

— Vous avez vu l'heure ?

— Ici Japon... Il est après-midi tard. Je
suis Seiji Tamamoto, directeur général
Nippon TV. Équipe de télévision attend en bas
de chez vous et pour interviewer vous, votre

famille et le chat aussi... Le fameux Collin qui lui sauver États-Unis, le monde... et le Japon... Merci... Merci...

— Monsieur Tamamoto, que votre équipe vienne à dix heures ce matin et nous allons les recevoir...

— Merci, Beaucheminsan. Nous sommes heureux très beaucoup.

Marc retourna se coucher et dit à Julie :

— Je crois que ça va être une longue journée... Depuis l'annonce de l'exploit de Collin dans les nouvelles télévisées d'hier, le téléphone n'a pas arrêté de sonner... La police de Longboat Key aurait pu être plus discrète.

— Nous sommes aux États-Unis, Marc, et il faut s'attendre à ce que l'exploit de Collin fasse du bruit... Et dire que nous avons été invités à la loge du président des États-Unis, E. A. Crush, pour le match de football. Ah oui, tu n'oublieras pas de m'expliquer le jeu pour que j'aie l'air intelligente demain...

— Tu as toujours l'air intelligente, ma belle Julie.

Vers les huit heures, le téléphone sonna de nouveau et Julie s'empressa de répondre.

— Madame Beauchemin, je présume ? Je suis Steve Pike, le président de la maison d'édition Read Pike. Nous aimerions vous acheter les droits de publier votre biographie, enfin, l'histoire de votre famille...

— Écoutez, monsieur Pike, c'est gentil, mais nous sommes une famille bien ordinaire et...

— Madame Beauchemin, je vous arrête tout de suite... Ce n'est pas ce que vous pensez de vous et de votre famille qui est important... C'est ce que pense le public, car c'est lui qui achète les livres... Nous croyons pouvoir vendre cinq millions de copies de votre histoire si nous sommes rapides... Nous sommes d'ailleurs rendus à mi-chemin et...

— Vous avez déjà commencé à écrire l'histoire de notre famille ?

— Vous êtes aux États-Unis, Madame... pas au tiers-monde ! Dès hier, nous avons déclenché l'alarme rouge et nous avons envoyé une vingtaine d'enquêteurs dans votre région... Ils ont déjà interviewé vos voisins, vos anciens camarades de classe, vos anciens amoureux et même l'obstétricien qui vous a accouchée. Ils ont fait la même chose du côté de votre mari et nous complétons actuellement l'information sur les enfants. Nous avons besoin de quelques photos et nous serons prêts à publier en début de semaine prochaine... Nous avons eu la grande collaboration de tous... sauf d'un certain Auguste Desgrand'maisons qui a refusé de répondre à nos questions... Un imbécile, je vous l'assure ! Je vous envoie le contrat par fax. Lisez-le, engagez-vous un avocat si vous le désirez, mais nous sommes une maison d'édition des plus honnêtes... Je vous rappelle lundi prochain, Madame... Bonne journée et bon match demain...

— Que se passe-t-il, maman? demanda Marie-Hélène.

— Je ne sais plus trop, ma fille... Ça va un peu trop vite.

Marc et Antoine sortirent sur la terrasse pour boire leur jus d'orange en regardant les eaux magnifiques du golfe du Mexique. Deux hélicoptères de la télévision américaine apparurent soudainement. On pouvait voir des photographes mitrailler Antoine et son père avec des caméras qui s'apparentaient à des bazookas à cause de leur énorme téléobjectif.

— Rentrons, dit Marc, je ne suis pas encore rasé et j'aurai l'air d'un bandit dans les journaux demain.

Peu de temps après...

— Papa, il y a un appel pour toi... Un monsieur Pike...

— Diable! Il a déjà appelé Julie tout à l'heure... Je vais le prendre, merci Antoine.

— Monsieur Beauchemin, nous venons tout juste d'apprendre que vous avez écrit un excellent livre sur les relations familiales et les conflits. Cela nous intéresse beaucoup de le publier en anglais. Qui a les droits pour la traduction anglaise? Nous voulons les acheter.

— Euh... c'est mon éditeur au Québec, Les légionnaires de la gestion. Mais je doute qu'il veuille vous vendre les droits de traduction...

— Attendez un peu... Voilà ! Je viens de consulter Internet pour en connaître davantage sur cette maison d'édition... C'est minuscule... Elle ne publie que cent soixante-quinze titres par année. Nous allons faire à l'éditeur une offre qu'il ne pourra pas refuser... Nous allons acheter sa maison d'édition pour trente fois les profits, acquérir ainsi les droits d'auteurs de votre livre et lui revendre le reste pour un dollar. Il ne refusera pas. Je vous envoie le contrat d'édition cet après-midi par fax et on commence immédiatement la traduction. Passez une belle journée, Monsieur Beauchemin... et bon match demain après-midi.

Collin sortit sur la terrasse et trois autres hélicoptères se pointèrent aussitôt, manquant de se frapper. Le bruit assourdissant des rotors fit renter Collin : « Pas moyen de dormir en paix aux États-Unis ! »

On sonna à la porte. C'était le sergent Russo.

— J'aimerais vous donner un conseil : ne laissez plus sortir Collin seul, car on pourrait le kidnapper de nouveau et exiger cette fois-ci une rançon de plus d'un million.

— Tiens, je prends de la valeur, pensa Collin: vingt-cinq mille dollars, cent mille dollars et maintenant un million de dollars.

Marie-Hélène mit son plus beau maillot et descendit à la plage. Les hélicoptères se précipitèrent et la fureur des caméras se déclencha de nouveau. Marie-Hélène décida alors de rentrer à l'appartement. Une heure plus tard, sa photo passait sur tous les réseaux de télévision américains et sur Internet.

— Encore le téléphone! dit Antoine, exaspéré, en répondant. C'est pour toi, Marie-Hélène. C'est une dame qui parle anglais.

— Prends-le, maman, je ne parle pas assez bien anglais.

Julie saisit l'appareil et écouta sans rien dire pendant deux minutes. Elle devint rouge de colère.

— Non madame! Jamais! Ma fille de onze ans ne servira pas de modèle pour votre magazine. Non, c'est définitif! N'insistez pas et gardez votre argent!

— Figure-toi, Marie-Hélène, qu'un magazine de mode, le Teen Fashion, voulait t'avoir comme modèle. Ils ont vu des photos de toi en maillot sur la plage. Ils voulaient que tu arrêtes l'école pour commencer à onze ans une carrière de mannequin. Imagine!

— C'est le bouquet! dit Marc, vraiment hors de lui. Marie-Hélène, tu n'as même pas terminé ton école primaire. Tu finirais ta carrière de nunuche à trente ans, avec rien devant toi. Je n'aime pas les mannequins... toutes des anorexiques...

— Tu exagères, Marc, dit Julie. Mais je suis d'accord avec toi sur le fond.

— Vous avez raison. C'est une vie qui ne m'intéresse pas du tout. Moi, j'aimerais devenir avocate... et peut-être enseigner comme toi à l'université.

— Il n'y a pas de sots métiers, ma fille... Sauf celui de mannequin anorexique! dit Marc en jetant un coup d'œil à Julie.

— Jupiter! il n'y a que moi qui n'aie pas reçu d'offres! dit Antoine, un peu frustré.

— Ne t'en fais pas, mon frère... Ça va venir... Moi, je commence à avoir hâte de rentrer chez nous et de voir mes amies, ajouta Marie-Hélène. On ne peut même plus aller à la plage tranquilles.

— C'est ça, la célébrité... Trouvez-vous cela intéressant? questionna Julie.

Le lendemain à midi trente précises, le FBI vint chercher la famille Beauchemin et Collin en limousine blindée pour se rendre au stade de football de Tampa.

— Décidément, il nous est maintenant difficile de voyager en voiture ordinaire, dit Marc.

La limousine des Beauchemin était précédée et suivie par une limousine identique. Les membres du FBI étaient tous habillés en noir, avaient des verres fumés et possédaient un appareil radio qu'ils portaient à l'oreille.

— Convoi à la base… convoi à la base… Poisson rouge est avec nous, dit un des agents du FBI. Je répète, poisson rouge est avec nous et nous sommes en transit pour la cible… Dix zéro quatre.

Collin se trouvait dans les bras de Marie-Hélène et se disait : « J'aurais dû faire mon pipi avant de partir… J'aurais donc dû ! »

Le trajet de quatre-vingt-dix kilomètres prit moins de trente minutes, car les limousines filaient à vive allure.

Le stade de Tampa était bondé et une foule très bruyante de cent vingt-cinq mille personnes s'était déplacée pour assister au match de qualification du Super Bowl opposant les Buccaneers, l'équipe locale, aux Lions de Détroit. Tous les spectateurs connaissaient, depuis la veille, l'exploit de Collin, le chat abyssin qui les avait sauvés d'une mort certaine. Aussi, ils se levèrent d'un seul bond quand ils virent leur président, E. A. Crush, à la loge présidentielle avec Collin dans les bras. Ils reconnurent aussi la famille Beauchemin qui se tenait tout près du président. Ce dernier prit la parole :

— Mes chers amis, mes chers compatriotes américains, j'ai souvent un chat dans la gorge, mais rarement dans les bras… (La foule accueillit cette blague avec un gros rire)... Ce chat, Collinn, qui appartient à cette ravissante jeune fille et à sa famille, les Beaucheminn du... du... («Canada», lui souffla son aide) Canada, nous a sauvés la vie en déjouant un complot terroriste. Collinn, nous te remercions tous, car tu as sauvé l'Amérique, le meilleur pays au monde! Les terroristes essaient de détruire nos valeurs et notre richesse, mais tant qu'il y aura des chats comme toi, Collinn, nous n'avons rien à craindre... Je veux féliciter aussi le sergent Racoon et le détective Russo du service de la police de Longboat Key qui ont fait un travail remarquable.

Le président E. A. Crush leva Collin au-dessus de sa tête et la foule eut une réaction qui s'approchait du délire. «J'aurais dû faire pipi à la maison... Je ne vais plus pouvoir me retenir bien longtemps», se dit Collin. Le président continua:

— Mes chers amis et compatriotes américains, si Collinn avait été ici en Amérique plutôt qu'au... au... («Canada», lui souffla de nouveau son aide) Canda, il n'y aurait pas eu de 11 septembre 2001! Aussi, je vais amener Collinn à Bagdad lors de mon prochain voyage en Irak pour remonter le moral de nos troupes et leur donner un exemple de bravoure et de courage! («Jamais je ne laisserai partir mon

chat là-bas!» marmonna Marie-Hélène). Que
Dieu chérisse, bénisse et protège l'Amérique!
conclut le président.

— Amen, dit Marc tout bas.

Le président Crush souleva de nouveau
Collin au-dessus de sa tête et la foule se mit à
rugir de plaisir. «Vive Collinn!» criait-on de
toute part... «Vive Collinn le héros...» La foule
continua à manifester son enthousiasme en
scandant «Collinn! Collinn! Collinn !» Un
individu cria à la blague: «Un discours!... un
discours!... un discours!» Toute la foule
répéta: «Collinn... un discours! Collinn... un
discours!» et Collin, ne pouvant plus se retenir, fit pipi... sur la tête du président Crush, qui
continua malgré tout à sourire en pensant que
ce n'était qu'une petite ondée passagère. Un
agent du FBI amena le président, toujours
souriant, à l'arrière tandis que Marie-Hélène
récupéra rapidement son chat.

— Je crois que Collin vient de remonter le
moral des troupes américaines en Irak, chuchota Marc à l'oreille de Julie, qui se mit à rire
plus fort qu'elle ne l'aurait souhaité, car un
agent du FBI lui adressa un vilain regard.

Le match fut retardé de trente minutes, le
temps pour le président de prendre une
douche et de se changer.

On demanda à Antoine de faire le botté
d'honneur. Antoine s'élança et propulsa le

ballon à plus de cinquante mètres. On vit l'instructeur des Lions de Détroit prendre une note : « Ce garçon est un naturel... à surveiller », écrit-il dans un calepin noir.

On permit à Antoine de suivre le match au banc de l'équipe des Buccanners. Cette dernière l'emporta facilement vingt-huit à sept.

— Il nous manque un bon botteur, analysa après la partie le directeur général des Lions de Détroit, mais nous avons une petite idée pour nous renforcer dans le futur à cette position.

Après le match, on fit la fête, gracieuseté des Buccaneers, et les Beauchemin s'amusèrent beaucoup, surtout Collin qui se servit à plusieurs reprises au buffet. « Je suis devenu le goûteur officiel de l'équipe. » se dit-il.

À la fin de la fête, un homme vint voir Julie et lui dit :

— Madame, je suis Walter Martin, le président de la chaîne de magasins Mart Gift. J'aime beaucoup le concept de votre magasin au Québec. Nous l'avons visité hier. Nous désirons lancer une nouvelle chaîne de magasins aux États-Unis qui s'en inspirerait. Je vous offre donc d'acheter votre magasin, que nous utiliserons comme modèle. Votre prix sera le nôtre... si vous nous faites part de vos petits secrets commerciaux. Qu'en dites-vous ?

— Cela m'intéresse, répondit Julie... Cela m'intéresse beaucoup !

Cinq minutes plus tard, Marc vint retrouver Julie.

— Julie, tu es toute radieuse... Que s'est-il passé?

— Je t'expliquerai à l'appartement. Mais c'est étrange que l'on n'ait pas vu monsieur Trompe... Tu ne trouves pas?

— Je sais. Je l'ai peut-être froissé lors de notre dernière rencontre.

— Viens, Collin, on rentre à l'appartement, lui dit affectuèusement Marie-Hélène.

— Encore quelques crevettes et je te suis!

CHAPITRE 16
LE RETOUR

Il y a notamment la compagnie Chaudron bleu, qui se lancera bientôt dans la nourriture pour animaux, qui désire absolument faire de la publicité avec Collin.

— Bonjour, les héros! s'exclama le commandant Richer en accueillant les Beauchemin à l'aéroport international de Sarasota-Bradenton pour le vol de retour. Comment ont été les vacances?

— Pas très reposantes! répondit Julie, mais fortes en émotions et en expériences de toutes sortes. Quelle aventure, mon Dieu!

— Oui, reprit Marc. Bien des émotions! Julie a vendu son magasin comme elle le souhaitait. On va traduire mon livre en anglais et le distribuer aux États-Unis. Comme vous le savez, on nous a volé Collin qui a ensuite été libéré grâce au flair de Marie-Hélène, d'Antoine et du détective Russo. Collin a ensuite déjoué un complot terroriste et...

— ... et il a fait pipi sur la tête du président Crush, ajouta Marie-Hélène dans un grand éclat de rire.

— Quand on connaît un grand succès, c'est naturel d'arroser ça! reprit Hubert St-Félicien, le premier officier, avec un grand sourire.

— Moi, j'ai été contacté pour jouer au football pour le collège de Kalamazoo au Michigan. Mais ça ne m'intéresse pas... Je veux devenir pilote.

— Excellente décision, Antoine. Dans la vie, il faut savoir ce que l'on veut... et surtout ce que l'on ne veut pas! Je vais te donner l'occasion de piloter un peu sur le vol de retour et je vais t'expliquer quelques principes de base, ajouta le commandant Richer. Tu devras faire ton apprentissage au cégep de Chicoutimi, une belle région et des gens fort sympathiques. D'ailleurs, mon premier officier, Hubert St-Félicien, vient de ce magnifique coin de pays.

Le Legacy 600 décolla, passa paresseusement au-dessus de Longboat Key, prit rapidement de l'altitude et mit le cap au nord-est, vers le Québec.

Une heure plus tard...

— Regardez, les amis, nous avons de la visite, dit le premier officier, Hubert St-Félicien.

C'était une escorte d'honneur de F-18. Elle accompagna le Legacy jusqu'à la frontière canadienne. Puis, les F-18 saluèrent les Beauchemin en balançant les ailes et se détachèrent de la formation l'un après l'autre dans un magnifique mouvement de ballet aérien. Le synchronisme était parfait. Ils regagnèrent ensuite leur base de Norfolk en Virginie.

— Le retour est bien différent de l'aller, conclut Marc.

Collin dormit pendant tout le vol sur un fauteuil à l'arrière de l'appareil.

Arrivés à Mirabel, les Beauchemin prirent le chemin de la maison, toujours en limousine.

— La vie de pacha s'arrête maintenant, dit Julie en sortant de la voiture.

— Je suis contente d'être revenue, dit Marie-Hélène en rentrant dans sa chambre, précédée de Collin.

Ce dernier, après avoir fait le tour de la maison, demanda la porte et courut voir ses amis chez Zeus.

— Voilà Collin! s'écria Larousse en compagnie de tous les amis. Je suis tellement contente de te voir. Raconte-nous ton voyage... sans rien oublier.

Collin s'exécuta.

— Comment était cette Charleene? s'enquit Larousse. Les amis de Collin s'échangèrent alors des clins d'œil amusés.

— Tu as vraiment fait pipi sur le président des États-Unis? demanda Mozart. Mais c'est un incident diplomatique très grave qui aurait pu mener à un conflit. Les Américains n'entendent pas à rire ces temps-ci... Oh la la!

— Et ils n'auraient fait qu'une bouchée du Canada, je vous l'assure, déclara Sam, toujours aussi proaméricain. Cela leur aurait pris une heure pour vaincre le Canada, quarante-cinq minutes pour rire et quinze minutes pour nous envahir!

— Collin aurait sûrement trouvé un moyen de les arrêter, déclara Boris.

— Viens, Collin, j'ai quelque chose à te dire, souffla Larousse à l'oreille de Collin. Ils s'éclipsèrent tous les deux.

— Je pense qu'on va aller aux noces dans pas grand temps! aboya Zeus.

Tous partirent à rire.

Julie appela sa sœur Florence et lui demanda ce qu'elle et Auguste avaient fait pendant les vacances de Noël...

— Euh... pas grand-chose... Ah oui! nous avons décidé de changer les téléviseurs et le cinéma maison pour quelque chose de mieux! répondit Florence d'un ton sec, sans s'informer du voyage en Floride de sa sœur. Maintenant, il faut que je te laisse pour faire le souper... Ce soir, je fais à Auguste le fameux ragoût de canard à l'orangeade tiède du Chaudron bleu.

Quelques semaines passèrent et chacun reprit ses activités normales : Marie-Hélène et Antoine à l'école, Marc à l'université et Julie... à la maison.

— Je voulais vendre mon magasin, car c'était trop accaparant... Et maintenant je m'ennuie, se plaignait-elle. Je ne suis quand même pas pour regarder *Les yeux de l'amour* tous les après-midi comme ma sœur !

Un soir, le téléphone sonna et Marc décrocha.

— Mon cher Marc, c'est Gérard... Gérard Trompe. Comment vas-tu ?

— Je vais bien et je suis très content d'avoir de tes nouvelles, Gérard. Je craignais de t'avoir froissé lors de notre dernière rencontre avec mes suggestions de psychologue...

— J'étais froissé, mais je me suis donné un coup de fer à repasser ! Sans blague, Marc, je vais être franc... J'ai trouvé tes commentaires durs au début, mais finalement j'ai suivi tous tes conseils. D'abord, j'ai divorcé et ça m'a coûté vingt-six millions de dollars, mais je m'en fous parce que suis vraiment très heureux... puisque je vais épouser Marilyn, le quatorze février prochain. Nous allons vous inviter... toute la famille, y compris Collin. Je me suis réconcilié avec mon fils et je vois Charles, mon petit-fils, beaucoup plus souvent qu'avant.

— Félicitations, dit Marc, je suis vraiment très content d'entendre cela.

— Mais ce n'est pas tout... J'ai donné le mandat à une firme d'avocats de démarrer une fondation, comme tu l'avais suggéré... Je vais y mettre... es-tu assis ? Un milliard de dollars. Qu'en penses-tu ? Il va me rester un petit quatre cents millions, mais je devrais arriver si je fais attention !

— C'est vraiment épatant ! Mais de quoi va s'occuper ta fondation ?

— Le décrochage scolaire... C'est vraiment désolant de voir des jeunes, souvent très talentueux, quitter l'école à cause du manque d'appui des parents, de familles éclatées, d'amitiés douteuses... ou encore parce que l'école ne leur convient tout simplement pas. Actuellement, on les perd... Ils trouvent des jobines, joignent des gangs ou vont quêter dans la rue... Ça n'a pas de sens ! Je veux mettre sur pied un comité permanent de « sages » qui va examiner et choisir différents projets.

— Excellente idée ! Le décrochage scolaire, c'est vraiment un problème important au Québec comme partout ailleurs.

— J'aimerais que tu fasses partie de ce comité de « sages », Marc, car tu as un excellent jugement... et avec ton livre traduit en anglais et distribué aux États-Unis et dans le monde, tu es devenu une grande vedette!

— Avec plaisir! C'est un très beau projet.

— Autre chose et c'est très important. Pour que ma fondation réussisse, il faut qu'elle soit gérée... de main de maître! Aussi, je souhaiterais que Julie prenne la direction générale de ma fondation... Elle a vendu son magasin et elle doit avoir du temps libre... Penses-tu qu'elle accepterait?

— Tu lui demanderas, mais je crois que oui, répondit Marc avec enthousiasme et tellement content pour Julie. Je te la passe.

Julie s'empressa d'accepter la proposition de monsieur Trompe.

— Enfin... je me sens revivre! Quel beau défi!

Le lendemain soir, le téléphone sonna chez les Beauchemin. Marc répondit.

— Monsieur Beauchemin... Je m'appelle Marc-André Paradis de l'agence de publicité Exposant[10]. Nous aimerions engager le chat Collin et vos deux enfants pour tourner une série de messages publicitaires. Nous pourrions commencer le tournage en juin, tout de suite après les classes, pour ne pas nuire à leurs études. Nous avons une grande demande de la part de différentes compagnies à la suite de leur exploit aux États-Unis. Il y a notamment la compagnie Chaudron bleu, qui se lancera bientôt dans la nourriture pour animaux, qui désire absolument faire de la publicité avec Collin. J'aimerais vous rencontrer, vous et votre femme, dans les prochains jours pour parler de ce projet et vous proposer un contrat.

— Bien sûr! Que diriez-vous de mercredi prochain en fin d'après-midi? Nos enfants assisteront également à cette rencontre.

— Alors, c'est parfait! Au plaisir de vous rencontrer tous.

— Wow! Collin, Marie-Hélène et Antoine qui vont faire de la publicité... Ça va être toute une aventure! Une nouvelle aventure...

GLOSSAIRE

Accaparant : Qui demande trop de temps.

Appréhension : Vague sentiment de crainte.

Atrocités : Gestes d'une grande cruauté posés contre d'autres personnes.

Bazooka : Lance-roquette en forme de tuyau.

Bribes (de conversation) : Diverses phrases isolées d'une conversation.

Blafard (teint) : Très pâle et qui a l'air malade.

Bretelle (aviation) : Voie qui permet à un avion de quitter la piste pour accéder à l'aéroport.

Charlatan : Individu peu compétent et peu scrupuleux qui essaie d'exploiter les autres.

Désagrément : Caractère de ce qui n'est pas agréable. Fâcheux.

Décorum : Ce qui a de la classe.

Design : Aménagement, décoration d'un appartement par exemple.

Effigie : Image, représentation.

Embrasure : Ouverture

Fétide : Qui a une odeur chaude et répugnante.

Hoqueter : Parler avec difficulté, avec des hoquets dans la voix.

Inusité : Qui n'est pas habituel.

Jonché : Répandu sur le sol.

Jute : Fibre grossière qui sert à fabriquer des sacs.

Limousine blindée : Véhicule à l'épreuve des balles ou des explosions.

Maugréer : Manifester son désaccord en bougonnant.

Molosse : Gros chien.

Nunuche : Personne peu intelligente.

Orangeade : Boisson à l'orange.

Pacha : Riche

Panoplie : Plusieurs

Paranoïaque : Maladie mentale qui porte les sujets atteints à se sentir persécuté.

Parti (bon) : Personne à marier qui présente de belles qualités et qui est   financièrement à l'aise.

Penthouse : Appartement-terrasse habituellement très luxueux situé au dernier   étage d'un immeuble.

Plat-bord : Rampe de sécurité qui entoure un bateau.

Préposé à la timonerie : Personne aux commandes d'un navire.

Pitres (faire les) : Faire les bouffons.

Rébarbatif : Qui a un air peu commode.

Rudimentaire : Peu développé. De base.

Réprobateur (ton) : Qui exprime un reproche.

Se terrer : Se cacher.

Tai-chi : Gymnastique pratiquée en Asie qui consiste à faire certains gestes très lentement.

Tarmac : Chemin de l'aéroport où circulent les avions.

Tirant d'eau : Nombre de mètres de profondeur dont un bateau a besoin pour éviter d'accrocher le fond.

Tom et Jerry : Dessin animé américain mettant en vedette un chat et une souris.

Tonneau (aviation) : Mouvement d'acrobatie aérienne qui consiste à faire tourner l'avion sur lui-même.

Virage bâbord : Tourner à gauche.

Virage tribord : Tourner à droite.

Volet tempête : Contre-fenêtre en métal qui sert de protection contre les vents violents.

LE VOL DE COLLIN

SUJETS DE DISCUSSION EN CLASSE
OU EN FAMILLE

CHAPITRE 1

1. Qu'est-ce que les membres de la famille Beauchemin auraient dû faire pour éviter de « paniquer » ainsi à la veille de leur départ pour la Floride ?

2. Après avoir localisé Longboat Key sur une carte, recherchez de l'information sur cette île (Key) en consultant Internet.

3. Antoine affirme qu'il lui sera moins compliqué de faire sa valise parce « qu'il est un gars ». Commentez cette opinion.

....

CHAPITRE 2

1. D'après vous, pourquoi des membres d'une même famille — comme Marc et Auguste — en viennent-ils à se détester ?

....

CHAPITRE 3

1. Le chat Sam vante les États-Unis, son pays d'origine. Est-ce normal pour un citoyen d'un pays de croire que son pays est le meilleur au monde ? Pourquoi ?

CHAPITRE 4

1. Monsieur Trompe fait de la ponctualité une grande exigence. Son slogan est d'ailleurs: « Une minute en retard pis t'es mort! » A-t-il raison? Exagère-t-il?

2. Monsieur Trompe a acheté un avion d'affaires fabriqué au Brésil par la compagnie Embraer alors que la société québécoise Bombardier assemble également des avions d'affaires de même catégorie. Qu'est-ce qui a pu motiver le choix de monsieur Trompe? Fait-il une erreur en achetant un appareil étranger? Devrions-nous toujours encourager l'industrie locale? Pourquoi?

3. Que pensez-vous du comportement des deux militaires, Rumfeld et Brainless? Pourquoi se comportent-ils de cette manière?

4. Marc avance que l'on est traité comme on traite les autres. Que pensez-vous de cette affirmation? A-t-il raison?

5. Antoine prend la décision de devenir pilote. Est-ce qu'il prend la bonne méthode pour faire son choix de carrière? Comment comptez-vous procéder pour faire votre propre choix de carrière?

CHAPITRE 5

1. L'appartement de monsieur Trompe contient de nombreux gadgets. Qu'est-ce qui peut bien le motiver à se procurer autant de gadgets?

2. Faites jouer et commentez le duo des chats de Rossini. Est-ce véritablement de la musique?

CHAPITRE 6

1. Est-ce que la famille Beauchemin devrait tenir compte de l'avis des sœurs Desrochers concernant monsieur Crookie? Pourquoi?

CHAPITRE 7

1. Qu'est-ce qu'il y a d'amusant à baptiser son bateau Cash-à-l'eau?

2. Marc trouve indécent que les gens riches paient une «fortune» pour acquérir des biens de luxe comme des bateaux de plaisance alors qu'il y a tant de pauvreté dans le monde. Commentez son opinion.

3. Est-il vrai que l'intelligence peut varier parmi les individus d'une même espèce animale, au même titre que chez les humains? Si oui, pourquoi?

4. Marc et Julie mentionnent que les Gates Bombardier, les Coutu et les Chagnon ont mis sur pied leur fondation pour entre

autres venir en aide aux plus démunis.
Qu'est-ce qu'une fondation ? Pourquoi certaines familles riches démarrent-elles leur fondation ?

....

CHAPITRE 8

1. Collin avance que les humains constituent la seule espèce animale à se faire la guerre. A-t-il raison ?

2. Collin observe que les oiseaux volent très bas avant l'arrivée de l'ouragan. Pourquoi les oiseaux volent-ils toujours à faible altitude lorsqu'il y a une dépression atmosphérique ?

....

CHAPITRE 9

1. Qu'auriez-vous répondu à la place de Marc à la question de monsieur Trompe : « Changerais-tu de vie avec moi ? »

2. Marc dit préférer l'expérience de pêche qu'il a vécue avec Antoine dans une petite embarcation à l'excursion sur le magnifique bateau de monsieur Trompe. Que pensez-vous de cette réflexion ?

3. Marc propose quatre solutions à monsieur Trompe pour régler les problèmes de ce dernier. Que pensez-vous de ces solutions ?

4. Si vous étiez à la place de monsieur Trompe, seriez-vous vexé des suggestions de Marc ?

CHAPITRE 10

1. Marc lance un défi à Antoine: celui qui attrape le plus de poissons a droit à deux morceaux de gâteau. Que pensez-vous de cette compétition? Et du prix au gagnant?

2. Qui soupçonnez-vous être l'auteur – ou les auteurs – du vol de Collin? Pourquoi?

CHAPITRE 11

1. Collin se dit: «Si tu veux aller vite, prends ton temps!» Commentez cette affirmation. A-t-il raison?

2. Que peut faire la famille Beauchemin pour retrouver Collin? Quelles solutions s'offrent à elle?

CHAPITRE 12

1. Marie-Hélène veut payer la rançon (cent mille dollars) avec de l'argent emprunté à monsieur Trompe. Est-ce une bonne idée? Pourquoi?

2. Antoine a l'intuition que Collin n'est pas bien loin. Faut-il croire ses intuitions? Pourquoi?

CHAPITRE 13

1. Le détective Russo semble avoir énormément confiance dans sa capacité de retrouver